JN082107

異世界でのんびり癒し手はじめます
～毒にも薬にもならないから転生したお話～
4

シヨウ／翔子
ファルコに溺愛されながら、
治癒師になるため勉強中。
転生者仲間の二人と共に
異世界を楽しんでいる。
ファルコ
優秀な狩人でショウの養い親。
ショウを溺愛し、
甘やかしたくてたまらない。
登場人物
紹介

導師
教会の導師。
ショウとハル、リクに
治癒師としての
心構えを指導する。
レオン
優秀な狩人で
ハルの養い親。
明るく社交的な
ムードメーカー。
ハル／美晴
転生者仲間の一人。
魔術師見習いで、
ショウと共に『癒しの力』も
勉強中。
サイラス
ファルコの父で、リクの養い親。
見た目も養い子の溺愛ぶりも
ファルコによく似ている。
リク／陸人
転生者仲間の一人。
荒れ地を活性化させて
開拓するために
『癒しの力』を使う。

異世界でのんびり癒し手はじめます 4
～毒にも薬にもならないから転生したお話～

目次

プロローグ

「風が暖かいね」

ハルが馬車の御者席《ぎょしゃせき》に座って、草原を渡る春風に顔を向けている。ハルの隣では導師も気持ちよさそうに馬車を駆《か》っている。アンファの町で、ハネオオトカゲの群れと遭遇《そうぐう》したのがつい数日前だとは思えないくらいのどかな風景だ。

「そうだねえ」

答えるショウは、のんきな言葉とは裏腹に緊張した面持《おもも》ちである。

「ほら、姿勢」

そうリクに言われても、揺れる馬の上では姿勢を保ちにくい。

リクとはアンファの町で出会った。カナンから導師を迎えに来たのが三人目の転生者《てんせいしゃ》だったことにショウは驚いたが、その養い親がファルコの父親だったことにはもっと驚いた。

偶然《ぐうぜん》か女神の采配《さいはい》かはわからないが、悪いことではない。むしろ、大好きなファルコとそっくりな人がもう一人いることはショウには嬉《うれ》しいことだった。ショウはちらりと馬車にいるサイラスのほうを見た。

「集中して、ショウ。ハクなら絶対落とさないからさ。安心して体を任せて、姿勢をまっすぐに」

ショウは毎日剣を振っているし、あちこち走り回って体は鍛《きた》えているつもりだ。けれども、馬に乗って姿勢を保つのがこんなに難しいとは思わなかった。

普段、遠くへの移動に使うのは馬車だし、それはファルコもレオンも一緒で、馬に単独で乗る機会など今までなかったのだ。もっともファルコもレオンも導師も、あまりしないだけで乗馬はできるらしい。

カナンまで一週間ほどとはいえ、せっかく移動しながら馬に乗れる機会があるのだからということで、ショウとハルは交代で乗馬の練習をさせてもらっているのである。

「カナンに行っても、俺《おれ》たちの農場まではちょっと距離があるからな。馬車もあるけど、馬に乗ったほうが早いし」

「この馬車でそのまま移動すればいいと思うんだけど」

ショウの言うことももっともだが、

「導師が使うかもしれないから、普段使いはしないほうがいいだろ？」

リクが言うことももっともなのである。

救いはといえば、ファルコとレオンが草原の見回りに出ていることだろう。ファルコは狩りの訓練には厳しいので、父親のサイラスから遠慮がちにショウとハルに乗馬の訓練をさせる提案をされても、結局は狩りに役立つということで素直に受け入れていた。だが、今のショウを見たらどうなるか。

「俺のかわいいショウが馬に乗っている……俺のショウが」

などと言ってずーっと見つめているに違いないのだ。

「めんどくさいんだもの」

「何か言ったか？」

「なんでもない」

ショウはファルコが大好きだが、ショウに対しては少しばかり過保護であり少しばかり愛情が多すぎるとも思っている。だからあえてファルコたちのいない時間に乗馬の訓練をしているのだし。

「さ、あんまりやっても疲れるからな。このくらいでおしまいにしようか」

「はーい」

ショウはリクに返事をすると、足を後ろにくるりと回して馬から下りた。これもなかなか難しい。

「転生しても運動神経はよくならなかったのが残念」

「ああ。そういえばそうだな」

リクが今気づいたという顔をした。

「魔力や癒《いや》しっていう、今までと違う力を持っているってだけで手いっぱいだったよ。これ以上強い力があっても、一〇歳の自分には使い切れなかったと思う。つまりさ」

「つまり？」

ハクの手綱《たづな》をリクに手渡しながら、ショウは聞き返した。

「運動神経がよくなってたりとか、チートな主人公みたいな力をもらってたりしたら、せわしなくてこんなのんびり暮らしていられなかったんじゃないかなあ」

「なるほど」

疲れたショウを御者席に座らせようとしたのか、ハルが馬車からぴょんと降りてきた。

「はい、ショウ。交代」

「ありがと」

ショウはにっこり笑って、ちょっとよたよたしながら馬車に乗り込んだ。

「魔法を覚えるだけでも大変だったもの。これでよかったんだよ」

ハルがにっこりと笑った。しかしショウはちょっと口を尖《とが》らせた。

「よかったとか言いたくない。あの女神について、一言もほめたくないんだもん」

「ショウったら」

ハルはくすくすと笑うけれど、ショウはけっこう根に持つタイプだった。

「おーい」

「おーい」

遠くから手を振るのはレオンとファルコだ。

「ファルコー、おかえりー」

「レオンー」

こちらから大きく手を振り返すショウとハルも、一三歳の女の子の父親に対する態度じゃないよなという目でリクが見ているような気はする。だが、

「いい」

どこかで聞いたようなつぶやきがサイラスから聞こえて、ショウはおかしくなった。

「サイラス？　勘弁《かんべん》してくれよ」

「いいよな、あれ」

「俺はやらないからね？」

「いい」

「サイラス？　話を聞こうか？」

こういう人の話を聞かないところ、人目を気にしないところが、サイラスとファルコが結局は親子なんだと実感させるところだ。

だがそれでいいのではないか。

ショウがファルコとそうしてきたように、リクとサイラスは、わかり合おうとして不器用ながらもたくさん話し合ってきただろうから。それが本当の親子じゃない二人が、親子としてやっていくために必要なことなのだと思う。

もう明日にはカナンにつくところまで来ているとリクが言っていた。

サイラスと共に気軽に使者を引き受けて、導師を迎えにアンファまで来たリクは、自分たちが思うよりもっと世界の状況が悪いということを初めて理解して、衝撃《しょうげき》を受けていた。

それでもなお、リクはわくわくする気持ちを抑えられないようにショウには見えた。

そしてその気持ちはショウにもよくわかるのだ。

「新しいことが始まるんだ」

カナンのほうを見ながら、リクがポツリとつぶやいた。今日とは違う明日が待っている。そのわくわくした気持ちは、この世界に来てから、ショウも毎日感じていることなのだから。


ショウとハルが形だけでも乗馬ができるようになった頃、一行はカナンの町についた。午後遅くの日の中で見る町は、中心部に入るかなり前から広い農地が広がっており、それはアンファの町に比べると数倍の規模であった。

町自体も、深森《ふかもり》では見たことがないほど洗練されていた。広い通りに面して、二階建てや三階建ての店が隙間《すきま》なく立ち並び、花の咲いた植木などがあちこちに置かれている。

「ほんとに大きい町なんだね」

感心したようにあちこち眺めるショウに、

「ここらでは一番らしいよ。もっとも、南西部ではってことだけど」

とリクが返事を返す。それをなるほどと聞きつつも、ショウはそういえば深森では北の町以外ほとんど行ったことがないことにいまさらながら気づいた。

「岩洞《がんどう》の国境の町は同じくらいかなあ。でも、湖沼《こしょう》の学院都市はもっと大きかったよね、ハル」

「たぶん」

学院に閉じこもり、町に出かけることがほとんどなかったため、そうとしか言えないハルに、余計なことを言ってしまったとショウは後悔した。でも、ハルはショウの言ったことで傷ついている様子はない。ただ、ショウの質問に正直に答えただけのようだ。

「でも、周りに山がなくて、こんなに広々と広がっている町を見るのは初めて」

「そういえばそうだね。なんていうか、すがすがしい気持ち？」

確かに湖沼は、どこも山に囲まれていたなあとショウは思い出す。レオンとファルコも面白そうに周りを見ている。もっとも、さすがに護衛である。油断なく魔物などもチェックしているようだ。

しかしショウはそれを、素直な気持ちで見ることができずにいた。

カナンへ近づくにつれ、ファルコの様子が少しずつ変わっていったからだ。

話したいこと、話すべきことがあるのに話せない感じ。

その感じは、ショウには覚えがある。三年前の、夏の狩りの前のことだ。ショウのほうを見ているはずなのに、ショウが見ると目をそらす、そんなことの繰り返しだ。

「星迎えの祭り。あの時と同じ」

夏の狩りに行く直前の、星迎えの祭りの夜まで何も言ってくれなかったファルコ。

狩りではいつも冷静で何も恐れないファルコだが、唯一《ゆいいつ》恐れるのがショウと離れること。それ以外のことで悩んでいるファルコは見たことがない。

だからショウは、少し不安なのだ。今回、ファルコを悩ませているのは何なのかと。

しかし町に入った今、悩んでいる暇はないようだった。

「深森の人だ！　深森の人が来たぞ！」

「サイラス！　リクも！　おーい！　二人が戻ってきたぞ！」

念のため御者席には、深森からわざわざ来たのだとわかるように、髪の色が明るい導師とレオンが座っている。ファルコとショウとハルは馬車の中だ。

「狩人《かりゅうど》だ……」

「導師なの？　初めて見たわ……」

そんな声も聞こえる。導師とは教会の力のある人に対する敬称なので、誰か一人のことではない。狩人はともかく、こんな大きな町なら導師の一人二人はいるだろうに、そんなに導師は珍しいのかとショウはおかしくなった。

「セイン様はかっこいいからなあ」

確かにセイン導師はいかにも導師という格好よさなので、感心するという気持ちもわからないではなかった。

「俺は？」

ショウの言葉に、ファルコが不服そうに腕を組んだ。

「今はセイン様が外で感心されてるって話でしょ」

あきれたショウも思わず腕を組んだ。

馬車の中で腕を組んでにらみ合っている二人を交互に見るハルは、かっこいいと言ってほしい養い親と、照れくさくて言いたくない養い子との対決だと思う人はいないだろうなと思っているようだった。

「ふふっ」

「ハル」

それをわかっているショウはハルが思わずフフッと笑うと情けなさそうな顔をした。結局、心が大人のショウが折れるしかないのだ。

「もう。あのね、ファルコ」

ファルコの顔が、一見無表情ながらも期待に輝いた。言いたくない、なんだか無性《むしょう》に言いたくないけれども言わないとこの対決は終わらない。

「ファルコも、かっこいいよ」

「お、おう。そうか」

ファルコは照れたようにそっぽを向いた。照れるなら聞かなければいいのに。

「まず顔がかっこいいでしょ。ちょっときつめの目がワイルドでかっこいいよね。それに狩人らし

くたくましいし、強いし、頼りになりそうだし、でも優し」

「もういい、もう十分だ」

続けるショウの口を慌《あわ》ててファルコが押さえた。向かいでハルが声を出さないように笑っている。

ショウが黙ったのを確認すると、ファルコは隣に座っているショウを真剣な顔でのぞき込んだ。

「なあショウ」

「なに？」

「大事な話があるんだ」

「うん」

今晩、ちゃんと話すからそれまで待っていてくれるかと小さな声で続けたファルコに、ちょっとは成長したかなとショウは思う。たとえそれがいい話ではないとわかっていても、ちゃんと言ってくれることが大事なのだから。

依頼主はこの町の教会なのだが、時間も時間なので、教会に挨拶《あいさつ》に行く前に、一行は宿をとることにした。

宿にはサイラスが案内してくれることになった。リクはといえば、教会に到着の報告に行った。もちろん、どこの教会でも客を泊めるための部屋はあるのだが、例えばアンファの町は教会が小さすぎて客室と呼べる場所はなかった。リクの話によるとカナンの町の教会は大きいそうだが、夕方から押しかけて泊まる準備をさせるには忍びないと導師は言う。

本当のところは、疲れたから一日くらいのんびりしたいのではないのかなとショウは思っているのだが。

宿につくと同時に、平原《へいげん》には珍しい淡い髪の背の高い青年が顔を出した。

「導師！　やっと来てくれましたか」

「エドガー。待たせたな。先行してもらって助かった」

「あまり意味はなかったですけどね」

疲れた顔をしているエドガーの目は明るい空の色で、導師やレオンの存在と相まって、夕食時でにぎわう宿の人たちの目を引いている。

そのエドガーのことは、ショウもよく知っている。三〇歳ほどの若い薬師《くすし》だ。ショウもハルも、北の森にいる時はせっせと薬草を採って薬師に納めているし、そもそも薬草採りは年少の子どもの仕事なので、薬師とは全員知り合いだし仲もよい。

深森の北の町でも、治癒師《ちゆし》だけでなく、薬師も本当は足りないくらいの状況である。しかし、セイン導師の考えに賛同して、若い薬師の中から腰が軽いエドガーを選んで、カナンの町に先に派遣していてくれたのだ。エドガーは、時には年少組に交じって薬草採りをするくらい、外に出て活動するのが好きな人だ。

アンファの町のロビンのように、薬師は部屋にこもってポーション作りをするのを好む人が多く、エドガーのように行動力のある薬師は珍しい。

そのエドガーの目が導師から下に降りて、ショウとハルと目が合った。

「ああ、ショウにハル。君たちが来てくれたのか。助かるよ」

エドガーは心底ほっとした顔をした。一人で奮闘して大変だったのだろう。

「「お疲れさま」」

「ああ、深森の子だ」

思わずショウとハルをまとめて抱きしめようとしたエドガーの手をファルコが払った。

「触んな」

「ちっ。ファルコも一緒か。そりゃそうだよな」

その様子を見て宿の受付のおじさんが不思議そうな顔をしている。

「深森の子？　どう見てもかわいい平原の子たちだろ。それにあれ、サイラス？」

宿のおじさんはショウとハルを見て、それから視線を上げてファルコを見るとおやという顔をした。

「ああ、あの子たちは平原の容姿だが、深森の子なんだ。それから、こっちはファルコ。俺の息子」

俺の息子と言ったサイラスの得意げな顔がおかしい。

「息子って、嫁さんが連れてったあの。あのきれいな嫁さんの。そうか深森のお人だったなあ」

宿のおじさんは驚きながらもいろいろなことをつなぎ合わせて一人で納得していた。五〇年も前の出来事なのによく覚えているものだ。

「それだけ深森のやつが珍しいってことなんだよ。あー、ほんと注目されるの大変だった」

エドガーが肩をすくめた。

「すまんな。薬師もせめて二人体制で派遣できればよかったのだが」

「いや、セイン様。深森も薬師をぎりぎりで回してるから、二人も出す余裕《よゆう》はなかったですよ。仕方ないです。問題はそれをこの町のやつらが今一つわかってないことなんですよね」

「ああ、エドガー。その話は後で詳《くわ》しく聞く。夕食後部屋に来てくれないか」

「いいですよ。どうせこの宿にいるんだし」

一瞬、導師は眉《まゆ》をひそめた。なぜ薬師のところ、あるいは教会に泊まっていないのかということなのだろう。だがそれ以上は追及せず、とりあえず宿に落ち着くことになった。

「明日は俺の家に泊まってくれ」

食事が済むとサイラスがファルコを家に招いている。

「わかった」

ファルコは素直に頷《うなず》いた。自分の育った家を見てみたいのだろう。

「みんな来てくれても大丈夫だよ。客室は少ないけど、屋根裏が広いからさ」

リクがショウやハル、それにレオンや導師も招いてくれた。

「屋根裏は心惹《ひ》かれるね！」

「すっごい広いんだぜ」

リクが自慢そうだ。

「町にいる間、いつか泊まりに行かせてもらうかもしれないけど、明日は遠慮しとくね」

「そうか」

ファルコとサイラスだけにしてあげたいというショウの気持ちをリクもわかってくれた。しかし、そこに自分がいたらファルコとサイラスだけにならないということにリクも気がついたようだ。

「あ、じゃあ俺は町に泊まったほうがいいのか」

「「なぜだ」」

リクの呟《つぶや》きに、ファルコとサイラスの声が重なった。

「え、だって二人きりで話すこととか」

「「別にない」」

見た目も相まって双子のようでショウはちょっとおかしくなった。

「カナンの町についたら護衛をする必要もないんだし、ファルコもレオンも少しくらいのんびりしてもいいのだぞ」

導師もそう言うが、そもそも途中でだって護衛の必要はほとんどなかったよなとショウは遠い目をした。それはそれとして、ショウも言っておかなければいけないことがあった。

「ハルだって、そうしていいんだよ」

「私？」

ショウの言葉にハルがきょとんとした。

「今まで自然に私の手伝いをしてくれていたけれど、ハルはどちらかというと護衛の仕事で来てるんだから。働かせすぎかなあって思ってたんだ」

「え、私護衛の仕事で来てたの？」

ハルが驚いている。

「だってハル、治癒師としてもすごいけど魔術師としてはほとんど一人前だよね。学院も卒業してるし。卒業したら一人前なんじゃないの？」

「一人前はやっぱり成人してからだけどね。そうか、そういえば私、魔術院卒業してた」

「そういえばじゃないよ。もう一年以上前に卒業してたじゃない」

あきれたように言うショウも、実はすっかりそのことを忘れていた。

「まあ、でも私たちみたいに勉強に慣れていると、学院の授業そのものはそんなに大変じゃないんだよ。ショウでもリクでも、たぶん一年か二年で規定の授業は取れちゃうんじゃないかなあ」

「そうなのか。でも俺、実践《じっせん》はからきしだから、そんなに早くは卒業できないかもな。……そうか、一つの職業じゃなくても、いろいろ勉強してもいいんだな」

リクが初めてそれに気づいたという顔をした。そう言われてショウも、初めてその可能性を考えた。

「ショウほど上手に魔力を扱える同級生はほとんどいなかったよ。たぶんリクなら、もっといけるんじゃないかな」

今現在、リクはそれほど魔法は得意ではない。リクがやってきたのは荒れ地を癒すことで、魔術師の訓練などしていないからだ。しかし、魔力量が十分にあって、工夫する余地があるのだから、きっとうまくやっていけるはずだとハルは言うのだ。

「おう。ゲームはけっこうやったし、ラノベもまあ読んでたほうだったからな」

リクは自分も魔法が上達するだろうということに何の疑問も持っていないようだった。

「ショウがもし、魔術院に行ってみたいのなら、俺もついていくぞ」

ファルコが腕を組んで椅子《いす》にそっくり返っている。偉そうにしているが、言っていることはただの過保護な親のセリフである。

「ファルコ？　狩りは？」

「別に湖沼でもできるだろ。一年くらい働かなくても大丈夫だし」

確かに、一年どころか何年も働かなくても十分なだけ稼《かせ》いでいるのをショウは知っている。そもそもファルコは狩りは熱心にするけれども、他に何も欲しがらないから、お金は貯まる一方なのである。

「リク、リクが行きたいなら、俺も湖沼でも深森でも行くぞ。今回アンファに行ってみて思ったが、あっちこっち行くのも面白い。牛は誰かに預けるか売ってしまってもいいし、農場ごと貸してもいい。ハクとラクは連れて行けばいいしな」

「サイラス、いや俺は行くなら一人で」

「一緒に行こうな」

「あ、はい」

思わず頷いたリクに皆から笑いがこぼれた。

一生一つの仕事をしてもいい。でも、二〇〇年もある人生なのだから、あちこち行っても、いろいろやってもいいのではないか。

そう思えた夜だった。

ただ、

「そろそろ俺の話も聞いてもらっていいですかね」

カナンに先行していたエドガーの話を聞く仕事も残っていたのだった。

「そもそも俺、つまり北の町の薬師は、導師の恩情でここに派遣されたわけですよ。導師の準備に思いのほか時間がかかって出発が遅れているから、少しでも早く怪我《けが》をしている人に何かしてあげたいという。そうじゃないですか」

ダン、とエールのカップが部屋のテーブルの上に叩《たた》きつけられた。

これを見越して大きな部屋を取ってもらったので、四人くらいは座れるテーブルが部屋にある。

導師と、ファルコとレオン、それにエドガーがそのテーブルを囲んでいる。

ショウとハルは、二つあるベッドの片方にちょこんと座り込んでそれを眺めていた。

自分たちはいなくてもいいかと思ったのだが、薬師の活動なら、ファルコやレオンより自分たちのほうがずっとかかわりがあるので、聞いていたほうがいいと思ったのだ。

アンファの町で自分たちが経験したことは、あの町だけのことではないと思っていた。あの危機感のなさは、平原全体の問題なのだろう。

「そうだな」

なるほどというように頷きながら、レオンがピッチャーからエールのお代わりをついであげている。

「それなのに、まず薬師は呼んでないときた。導師から、少しでも怪我人が減るように、ポーションを作る手伝いに派遣されたと言ったら、教会から薬師ギルドに丸投げですよ。教会でなく薬師ギルドに行くのはまあ、いいんです。ところが、薬師ギルドが、そもそも薬草がないのにポーションを作る手伝いなどいらないと言い出して」

エドガーは一気にしゃべり切った。

「では薬草を探す手伝いをしましょうといえば、薬草などそれほど生えていないという。それならばと薬草を見つけてくれれば、薬草を探しながらポーションを作ることなどできないと。深森では薬草は子どもが探していますと言えば、深森は子どもをそんなに働かせているのかと眉をひそめられる」

深森ではお小遣いにもなるし、何より仕事をしているという感覚は年少組にとってとても誇《ほこ》らしいものだった。もちろん、薬草を採りたくない子どもに強制することはない。

それでも、暇を見て遊ぶ時間などいくらでもあったし、なんなら薬草採りやスライム狩り自体が遊びだった。

「それなら子どもたちに直接頼もうと思って。ほら、深森では子どもに直接頼むだろう」

エドガーはベッドに座って話を聞いていたショウとハルに話を振った。

「そうだね。いつもより多めに採ってきてくれとか、いつもより多めに採ってきてくれとか」

それしか頼まれていないというショウの返事にエドガーは眉を下げた。

「だって、深森でだってポーションはいくらでも必要なんだぜ。特に夏の狩りに行く前はな」

確かに、夏の狩りには薬師もついてきてくれていたけれど、移動中に作るわけにはいかないし、前もってたくさん作っておくしかないのはショウも知っている。

「だけどな、ここの年少さんは厳しくてな……」

エドガーはがくりと首を垂れた。

「そうなの？　アンファまで来てくれたリクは、むしろおっとりしてたけど」

「そういうあれじゃなくてな、つまりさ、『なんで私たちがそんなことをしなくてはならないの？』『働くなんて、大人になってからすることだろう』って、言い返されてみろよ」

それは心が折れるだろう。

「でも、リクとサイラスは、女の子でもトカゲを獲《と》る子はいるし、スライム狩りをする男の子もいるって言ってたよ」

「少なくとも、町をうろうろしている子にはいなかった。せめてもの救いは、町の皆が俺が深森から来た薬師だってわかってて、不審者扱いされなかったことくらいかなあ」

それは気の毒なことだと思ったショウは、ハルと顔を合わせて頷いた。

「導師、私たち」

「ああ。エドガーの手伝いに回ってくれ。ただし、上からも言ってもらう必要があるから、明日からはしばらくエドガーも私たちと一緒に行動してくれないか。教会と薬師ギルドの考えがずれていては、町の治癒が効率的には動かないだろう。まずはそこからだ」

導師は招かれてきたのだから、そこは強く言う権利はあるはずだ。

「深森の北の町よりこの町はずっと大きいから、リクが子ども全部を把握《はあく》しているとも思えないんだよね。住んでるところ、町の中じゃないって言ってたし。ねえ、エドガー」

「なんだ、ショウ」

「子どもたちに声をかけたって言ってたけど、どこでかけたの?」

エドガーはどうしてそんなことを聞くのかという顔をした。

「薬師ギルドのそば。町中で、子どもがたくさん集まっているところだ」

まあ、深森でも年少組はいったんは集まるから、そこで声がけすることが悪いわけではない。

「町の子なんだよ」

「町の子?」

「私ね、夏の狩りに参加した最初の年、岩洞の町で、年少さんに薬草採りを教えたの」

「あの時か。すごく助かったのを覚えているよ」

ショウはエドガーが覚えていてくれたことが嬉しく、にこっとした。

「あの町の子どもたちもね、怖がって全然、薬草を採ろうとしなかったの」

「怖い?」

「スライムが」

「へえ。男の子もか?」

ショウは頷いた。

「スライムを見たことない子もいた。裕福な町の子はね、勉強したり遊んだりしていればよくて、スライムを狩ろうと思ったり、家の人のためにトカゲの肉を持って帰りたいと思ったりしないんだよ」

「それでか……」

エドガーは腕を組んで天井を見た。もうエールは飲んでいない。

「女の子はね、スライムさえ何とかなれば、薬草を採るのもトカゲを狩るのもけっこうやってくれるんだよ。だけど男の子はね……」

　ショウも腕を組んだ。

「狩りをするのがかっこいい、面白いってなんとか思ってもらわないと、動かないかもね」

　厄介《やっかい》なことになってきた気がする。

「私もアンファでちょっと覚悟を決めてきたんだ」

「覚悟？」

　エドガーの言葉に頷くと、ショウはハルを見た。

「治癒に関するあれこれを、するもしないもその町次第。やらなくて損をするのはカナンの町なんだから。ある程度はやるけど、おせっかいはそこまで」

　きっぱり言い切ったショウに、エドガーはちょっと首を傾《かし》げた。ショウはむしろ、普段はおせっかいなくらいに世話焼きなのにと不思議に思ったのだろう。

「ショウ、お前、アンファの町でそうとう苦労したな」

「わかる？　主に町の薬師のせいだけどね」

　皆がやれやれという顔をした。

　そこにハルがぴょんとベッドから降りてきた。そしてポーチをごそごそして、何かをテーブルに並べ始めた。

　それを見て、ハルが皆に気分転換させようとしていることに気づいたショウがお茶の用意を始めた。

「さ、寝る前になんだけど、これ」

ハルが出したのは深森の焼き菓子だ。

「木の実がいっぱいのやつだよ。はい」

「これ、こっちには売ってないんだよ。ありがとう」

エドガーが嬉しそうにほおばる。どこの料理もおいしいけれど、いつも食べているものも安心するものだ。

「ハル」

「もちろん、導師にも。はい」

「うむ」

明日から、また仕事が始まる。心をすっきりさせておかないと。

「ショウ」

黙って話を聞いていたファルコがショウに声をかけた。

「なあに?」

「今日は部屋は俺と一緒だ。話をしないと」

そうだった。ファルコの話が残っていたのだ。

宿のほかの部屋に移るだけだったけれど、ファルコはショウの手をそっと握った。

ショウは少し驚いてファルコを見上げたが、そのまま握り返した。斜め向かいの部屋までほんの数歩だ。

ドアを開けて、ベッドに並んで腰かける。

「お茶でもいれる?」

「いい。さっき十分飲んだからな。ありがとう」

「確かにね。お腹《なか》タプタプだよ」

ショウはお腹を押さえてみた。こころなしかポッコリしている。乙女《おとめ》にあるまじきことではある。

そのまま何も言わずに、肩を寄せ合っていたが、ショウは次第に眠くなってきた。

本当はファルコが話し始めるのをいつまでも待つつもりだったのだが。

「ファルコ」

「うん」

うんじゃないよと思うショウである。

それでも返事をしたということは話す気があるのだろう。

「あのな、ショウ」

「うん」

「俺」

「うん」

「俺とレオンな」

「うん」

ぽつりぽつりとしゃべるファルコに一つ一つ返事をしていく。

「岩洞に向かおうと思う」

「そうなんだ」

本来なら、護衛の仕事は深森に帰るまで続く。でも、それはないだろうとショウは思っていた。なぜなら、ここからは町にとどまるので、魔物の危険は少ないからだ。

「アンファの町で予想はしていたが、カナンの町も思ったより時間がかかりそうだろ」

「うん」

町が大きいだけに、長期戦の気配がしている。本当は導師も早めに済ませて深森に帰りたいはずだ。それでも仕事をきちんと終わらせないと気が済まない人でもある。

「その間、俺たちがここにいてもあんまり意味がない。護衛のことだけじゃないんだ」

ファルコは珍しく丁寧《ていねい》に話をしようとしている。

「例えばまたハネオオトカゲが大発生したとする。本来は俺たちが戦ったとしても、あの数に対しては焼け石に水なんだ。ショウとハルがいてくれて初めて、町から注意をそらすくらいのことができるかどうか、というところだ」

アンファの町では何とかなったが、あれは大発生とはいえ小規模なものだったからだ。

ショウもわかっていた。

ファルコたちは、大きくて強い魔物を倒すハンターなのだ。

ファルコたちの倒すのは、一番小さくてクロイワトカゲ。それより小さいものは、見習いや初心者の狩る獲物《えもの》。

そして小さい魔物であっても、群れになってしまえばどんな強いハンターでもどうしようもないのだ。

「平原でこれだけ魔物が出ているということは、岩洞の国境の町はいつもよりひどいことになっているに違いない。あそこで抑えなければ、それこそ平原はハネオオトカゲどころでない被害を受けるだろう。だから」

「うん」

「レオンと相談して決めた」

「うん」

ショウはファルコが言いたいことはだいたい予想がついていた。

だけど本当にいつの間にか、ショウのことだけでなく、深森のことだけでもなく、皆のことを考えて動けるようになっていたのだ。

それはとても素晴らしいことだけれど、でも。

「ちょっと寂しい」

「ショウ！　俺もだ」

ファルコはショウの肩を引き寄せた。ショウもファルコの腰に手を回す。

最初はファルコとは成人するまで、一九歳まで世話人としてそばにいてくれればいいと思っていたのだ。体は小さくても、心は大人だ。一人で何とでもなると思っていた。

でも実際どうだろう。一九歳まで一緒どころか、周りの情勢はすぐ二人を引き離そうとする。

せっかくファルコのことが大好きになって、一時でもファルコと一緒に過ごす、親子としての時間を無駄《むだ》にはしたくないというのに。

そう思うと、ショウは腹が立ってきた。

「そもそも半端《はんぱ》な気持ちで導師を呼び寄せたこの町が原因よね。私とファルコが離れ離れになるのは」

「お、おう。そうかもな」

突然怒り始めたショウにファルコはびくっとした。

「アンファの町ではだいぶ譲歩したけど、この町では容赦《ようしゃ》しないんだから！」

「譲歩してたんだな、あれで」

ファルコが隣で何か言っているが、ショウは気にしなかった。

「エドガーは子どもたちが薬草を採ってくれなかったって言ってたけど、スライムも倒せないお子様が何言ってるのって感じ。トカゲだって、獲れなかったら深森ではお嫁にも行けないんだってジーナが言ってたもん。まあ、そもそも大人がぼんやりしてるのが悪いんだけど」

「そうだな」

ファルコがショウの頭の上で手のひらをポンポンと弾ませた。

「それだけ元気なら、俺がいなくても何とかなるな」

何を言っているのだ。そもそもファルコがいなくても一人で何でもできるのがショウである。

それでも心はどうしようもない。

「何とかなんて、ならないよ。寂しくてしょうがないもん」

「ショウ……」

ファルコは我慢できなくなってショウを膝《ひざ》にのせて、ギュッと抱きしめた。

「だからね、ここで頑張るから、頑張って、また迎えに来て」

「もちろんだ」

「あんまり来るのが遅かったら、岩洞まで行っちゃうんだから」

「それもいいな」

フフッと笑いあう二人は、導師の護衛で来ているのだということをすっかり忘れているのだった。

次の日、ファルコはサイラスの家に泊まったが、宿に残ったショウと同じ部屋のはずのハルは遅くなってもなかなか部屋に戻ってこなかった。

「昨日はファルコの番、今日はレオンの番、か。なんで出かける直前まで言わないのかな、あの二人は」

きっとハルは聞き分けがいいのに、レオンがいろいろ言い訳してるんだろうなとショウは想像しながら、ベッドにうつぶせになって足をぶらぶらしたりした。一人の夜は退屈なのだ。

やがて、小さなノックの音がして、ハルがそっと部屋に滑り込んできた。

「ハル、遅かったね。どうせレオンが、ええ？」

「ショウ！」

寝転がったまま振り向いたショウの目に映ったのは、ハルの泣き顔だった。

ハルはそのままショウのほうにふらふらとやってくると、ショウの隣にうつぶせで倒れこんだ。

「ハル……」

ショウはどうしていいかわからなくて、とりあえずハルの背中をポンポンと叩いた。

「レオンが、いなくなっちゃう……」

「うん。岩洞に行っちゃうんだよね」

レオンはハルのことを大事にしていたけれど、それはファルコのような重いものではなく、ハルに負担をかけないよう、軽《かろ》やかな、大人の気遣いがあるものだったと思う。

ハルもレオンを頼りにしていたけれど、それはどこか距離があって、それは元大人だからそういうものなんだろうとショウは思っていた。仲良しの形は人それぞれであっても、仲良しには違いないのだから。

「でも、そうなりそうだなって感じ、してたじゃない？」

「あんまりそう思わなかったの。アンファの町を出る時も魔物が大発生してたし、むしろ岩洞に行っている場合じゃない、平原の人たちを守ることになるんだって気がしてたの」

「あー」

確かにそういう考え方もできるかもしれない。

「レオンに、弱い魔物がたくさんいる時、自分たちは別に役に立たないんだって言われて。そういえば、だからスライムも年少が狩るんだなって思い出して。レオンは、自分の力が一番役に立つところに行くべきだと思うって言うんだ」

「ファルコと同じだ」

そしてショウはそのことを理解していたが、ハルはそうではなかったのだ。

「学院の卒業資格をもらって、一応魔術師見習いということになってるけど、魔術師でもない、狩人の心得もない、治癒師としても中途半端。ただのんきに物見遊山《ものみゆさん》で来たからこうなんだよ」

ハルが自嘲《じちょう》するような言い方をした。

「ハル……」

確かにショウは最初から治癒師を選び、治癒師になるために勉強してきた。剣も魔法も、治癒師として生きていくのに役に立つから学んでいるに過ぎない。

一方で、ハルは「人を守る」というあいまいな目標で魔術師になった。しかし、狩りや治癒と違って、人を守るという仕事は実体がない。

悩んでしまっても仕方がない。

「もう、ハルったら。のんびり生きるためにこの世界に来たのに、自分を追い詰めてちゃだめだよ。こないだ私が言われたばかりじゃなかったっけ？」

ショウはアンファの町で自分がそう慰められたことを思い出した。

「うん。うん。でも、みんなが自分で自分のやることを決めてると、焦《あせ》っちゃう」

「そうだよねえ」

でもそんなふうに思うのは、レオンと離れてしまう寂しさで心が弱くなっているからだ。

「あー、私も寂しいな。なんでファルコ行っちゃうんだろう」

「そうだよね！　導師の護衛なんだから、ここにいてくれたらいいのに！」

ハルも顔を上げた。

「こんなに寂しい思いをさせるくらいなら、普段からちゃんと離れてて！」

「普段は甘やかしすぎるくらいなのに、こんな時だけポイってするとか、最低！」

単なる八つ当たりである。ちゃんとやるべきことをやるレオンとファルコを、ショウもハルも本当は尊敬しているのだ。

「あー、ファルコ大好き！」

「ショウったら」

やっとハルがくすくす笑った。

ハルはちゃんとこの世界の年齢になじんでいて、大人になってから恋愛しようと思っているよう
だから、レオンについての気持ちはショウはあえて聞かないようにしている。

「ねえ、ハル」

「なあに？」

「ハルはね、レオンと一緒に岩洞に行ってもいいんだよ」

「え？」

ショウとハルはひとくくりにされることが多いけれど、もともと目指している仕事は違うのだ。

よく考えたら、今回のハルの仕事は護衛のお手伝いだったような気もする。

「そうか」

ハルは起き上がるとぺたりと膝を崩して座り込んだ。

「私、今何をやっても自由なんだ」

「自由って言うかさ、ハルさ」

ショウも起き上がってハルの向かいに座り込む。

「魔術師でもない、狩人の心得もない、治癒師としても中途半端ってさっき言ってたけど、違う

よ」

「違う？」

ショウは、首を傾げるハルがかわいいと思う。

「魔術師としては見習いレベルじゃなく優秀、狩人としてはちゃんと年相応、治癒師としても成人レベル。つまり、なにをやらせても優秀だから、どこに行っても役に立つってことなんだよ」

「そうかな」

「そうだよ。比べるのが導師とかレオンとかだからおかしいんだよ」

身近にできる人ばかりいると、自分をちゃんとは評価できないものだ。

「だから、岩洞に行くって言ったらレオンは大喜びだし、ここに残るって言ってくれたら私が大喜び。もちろん導師もエドガーもだよ」

「そうか。私寂しすぎて、なんだか自分がいらない子のような気がしてたんだ」

「そうかもね」

ハルが明るい顔になったので、ショウは満足した。

「私としては、レオンは放っておいてこっちで一緒に頑張ってほしいな。それで、私たちが来る原因になった町の人たちにガツンとこう」

そして何かと戦うかのようにこぶしを振り回した。

それを見てハルは噴き出した。

「戦っちゃだめだよ、ショウ。でも」

ハルもこぶしを握ってみている。

「こう、えいっ、えいっ」

「そうだ！　こうだ！」

二人でベッドの上で架空《かくう》の敵と戦い、やがて疲れて仰向《あおむ》けに寝転がった。

「で、どうする？」

「私、こっちでショウと頑張るよ」

「やった！　ハルをゲット！」

明日から寂しくなるけど、頑張るぞと誓うショウとハルであった。


サイラスとリクの家に泊まり、戻ってきたファルコは、どこかすっきりした顔をしていた。

「結局何も思い出さなかったが、屋根裏部屋とリクはよかった。うちも屋根裏のある家を借りるか」

「屋根裏部屋ってファルコがいた時にはなかったんだよね」

「そうらしいが。初めて見たがなかなかいいものだった」

「それにリクがって何？」

ファルコがなんだかとぼけたことを言うので、ショウは突っ込まざるを得なかった。

「リクはなんだかこう、レオンみたいな感じで」

「ほう」

「リクがいるならまあ、カナンもまた来てもいいかなって思えた」

なんと返事をしていいか微妙《びみょう》なショウは、サイラスがいるならと言われずショックを受けているサイラスとそれをおかしそうに見るリク、そして表情の変わらないファルコを順番に眺め、何があったのかとちょっと気になった。

しかし、サイラスはさすが年長者らしく、すぐに立ち直った。

「今度はレオンもぜひ来てほしい。それに、ショウとハル、そして導師は遠慮なくいつでも泊まりに来てくれ」

「私もか。是非《ぜひ》に」

導師も嬉しそうだし、ショウもハルももちろん泊まりに行くつもりである。ファルコに言われるまでもなく、屋根裏部屋なんて面白いところには行ってみたいに決まっている。

「広いから俺たち三人で並んで寝られるぜ」

「もちろん駄目《だめ》だ」

リクの提案はファルコにすかさず却下《きゃっか》され、あたりに笑いが満ちた。しかし、なごやかに話している場合ではない。ファルコが戻ってきたらその足で岩洞に出発ということで、もう馬車も用意されて、あとは出発するのみという状況なのである。

「決めたからには急ぎたい。護衛として来ていて申し訳ないが」

「いつものことだが、護衛は念のため。それにあくまで道中を安全にするためのものだ。カナンの町に落ち着いた以上、レオンとファルコは、必要とされているところへ行くべきだろう」

「ああ。いつもと違うことをするのはちょっと戸惑《とまど》うが、やるべきことをやるしかないよな」

珍しくレオンがまじめな顔をして導師と話している。

ショウはハルと顔を見合わせて、苦笑した。

ファルコは泊まりに行く前日、レオンはファルコが泊まりにいった当日にやっと岩洞に行くことを話してくれた。つまり、一昨日と昨日である。自分たちの心の準備はどうなるのかと言いたいショウとハルである。

しかし、それからすぐにショウはファルコに抱き上げられた。ちなみにこのやり取りは、宿の前、大通りで行われている。

「ショウ。行きたくない」

「ファルコ」

行きたくないけれど、行かなくてはならない。今度はショウはついてきてはくれない。ファルコ五三歳、初めての葛藤《かっとう》である。

「本当に辛《つら》かったら、戻ってきて。でもとりあえずは動き出さなきゃ」

「ショウ！」

結局、ファルコはレオンに引っ張られて振り返りながら旅立っていった。

第一章　カナンの町

「ファルコもレオンも、人生の先輩《せんぱい》って感じが全然しない」

リクの言うことはもっともである。養い子としては少々情けない気持ちもするが、おかしくてショウは思い切り噴き出してしまった。

「ショウのおかげだろう。やっと人間らしく喜びも悲しみも外に出せるようになったのだからな」

その導師の言葉に、サイラスとリクがどういうことかと振り向いたが、導師はそれ以上何も言わず静かに両手をすり合わせると、すっと気持ちを切り替えたようだった。

「ショウ、ハル。早く仕事を終えて、迎えに来てもらう前にこちらから岩洞《がんどう》に行くくらいにしよう」

「「はい」」

じっと待つのは性《しょう》に合わない。そうだ、ショウはもともと自分から動くほうが好きだ。

「ハル、やろう！」

「やろうね」

となった。

意気込んで町の教会に行った一行だったが、導師を招いた町の治癒師はとても喜び、歓迎の一環として、

「まあ、まずはカナンの町の観光でも」

と言い出した。やっぱり事態の深刻さをわかっていないとショウはちょっとあきれてしまった。そこに、エドガーが薬師の人たちも連れてやってきた。

こちらも歓迎の気持ちが伝わってきた。もしかしたら、これでエドガーが来てから増えていた薬師の仕事が減ると思ったのかもしれない。

「さて、観光をということだったが、それは仕事が終わった後でも十分にできる」

導師は歓迎をあっさりと受け入れると、とりあえず挨拶もそこそこにこう言い出した。

アンファの町では、困っていた治癒師を助けるために自ら動いた導師だったが、ここではちょっと違うようだ。

「知っているとは思うが、深森《ふかもり》でも岩洞でも魔物が増加し、薬師も治癒師も大忙しだ」

「エドガーからそうと聞いてはいましたが、やはり平原《へいげん》だけではないのですね」

薬師の一人がなるほどと頷いた。

「平原に入ってくる肉が増えて、正直飽和状態だという声も、最近商人から聞きますな。ここらではスライムやトカゲくらいだが、他の三国ではそれだけ魔物が増えているということなんでしょうな」

そう言ったのは治癒師だ。しかし、それは導師に合わせた世間話に過ぎないことはショウにでもわかるくらいだった。ショウは導師が苛立《いらだ》つのを感じた。わからないなら自分が言ってやる、心の中でショウが袖《そで》をまくると、導師は静かに言い切った。

「正直、深森や湖沼《こしょう》と違い、この、魔物で人が怪我をしたり死んだりするわけでもない平原に、私の役割があるかどうか疑問に思っているところだ」

「そ、それは」

カナンの治癒師は、導師の強い物言いに驚いたようだ。

「期限を区切る。今年の岩洞の夏の狩りが始まるのが星迎えの祭りの頃。そこまではここにいて治癒師の訓練と治癒師を増やす努力をしよう」

「一年でも二年でもと思っていましたが、それだけでもありがたい」

治癒師が安心したようにそう返事をするのを聞いて、やっぱり導師をそんなふうに長い間滞在させようと考えていたんだとあきれるショウであった。しかし平原の人が安心するのは早いと思う。

「その間に、簡単な治癒をする治癒師見習いを増やすため、町の全員に試《ため》しの儀《ぎ》を受け直してもらう。それから今いる治癒師には全員、新しい治癒の技と、魔力をうまく使う力の配分を覚えてもらう」

「え、ええと」

「そして薬師は」

導師は戸惑っている治癒師たちをそのままにして、今度は薬師たちのほうを見た。

「農地が広く点在している平原では、治癒師よりもむしろ、各家で使えるポーションのほうが重要であることはわかっていると思うが」

ポーションが重要だと言われた薬師たちは誇らしげではあったが、不安そうでもあった。それはそうだろう。導師の言葉はこう続くに決まっているのだから。

「各家に最低でも一つ。できれば家族分置いておけるように、ポーションを増産する必要がある」

「そんなばかな」

「それがスライムの害に対する、唯一かつ確実な対策だ」

そういうわけである。

「無、無理だ」

誰かがポツリと弱音《よわね》を吐いた。

「その覚悟がないのであれば、三月どころか、何年たっても実現はせぬ。これが実行できぬのであれば、私は必要とされているところに戻る」

ショウも初めて見た、導師の本気モードである。

「めちゃくちゃかっこいい」

「ショウったら」

もっとも弟子には緊張感はないのであった。

「では、ショウ。そしてハル」

「「はい！」」

導師に呼ばれてショウとハルは元気に立ち上がった。

「な、年少の子？　しかもカナンの子だろう」

「いや、こんなきれいな子たち、カナンにいたら絶対知ってるって！」

若い薬師からこそこそと声が上がった。ファルコがいたら、絶対一歩前に出てにらみをきかせているよねとショウは内心にやにやした。

「この二人は年少だが、今年から見習いに上がる年でもある。ただし、私が助手として連れてきたいと思うくらいに、治癒師としては優秀であると保証する」

導師がこんなふうにショウとハルのことを紹介するのは初めてだ。二人に責任を持たせすぎないよう、いつもはお手伝いとして目立たないように扱ってくれている。だからこそ、その中で自由に活動させてもらっているのだ。

しかし、この大きな町で、ほんの二、三ヶ月で成果を出そうと思ったらそうも言っていられない。

導師は薬師関係のことはショウとハルとエドガーに任せるつもりだ。そんなことは、ショウたちは事前には何も聞いていなかったが、町の事情をエドガーから聞き、アンファの町の経験を照らし合わせて、それしかないだろうとは思っていた。だからとっくに覚悟はできていたのだ。

「そして深森では、エドガーをはじめとする薬師のための薬草の確保に携《たずさ》わってきた。加えて、岩洞の町の子どもたちに薬草採取とスライム狩りを教えた優秀な指導者でもある」

カナンの町の薬師はまさかという顔をしたが、導師のまじめな顔と、エドガーの誇らしそうな顔を見ればそれが冗談や何かではないということはわかったはずだ。

導師は何かしゃべれという顔をしてショウを見た。ショウは頷くと、薬師たちをしっかり見つめた。もちろん、隣にはしっかりとハルが並んでいる。

「私はアンファの町で、町の薬師と一緒に薬草を探し、町の子どもに薬草採りを教え、そして薬草採りを危険にしないように、スライムとトカゲを狩ることを教えてきました」

遠くの深森や岩洞でどんなことをしたと言っても、平原の町の人には響かないだろうとショウは思うのだ。だからあえて、同じ平原の町であるアンファについての成果を挙げた。まあ、実際にはこれから成果が上がってくるだろうきっかけを作った段階なのだが。

ショウの思った通り、アンファの町でそれをやったというショウの言葉は、薬師の人たちに響いたようだ。

「一週間。それが町の子たちが薬草採りになじんだ時間です」

その時はレオンもファルコも手伝ってくれた。大人がいるということは実は大きかった。

ここにもエドガーがいるが、エドガーは若いし、すでに子どもたちになめられている気配がある。難しいことになるのは目に見えていた。

そして案の定、ショウの言った一週間という言葉に、その場にいた人たちはざわざわとざわめいた。

「ありえないだろう」

「そんなわけがない」

エドガーが先行していても、カナンでは遅々《ちち》として進まない薬草採取である。一週間で、わずかでも薬草が供給される環境が整うとは信じられなかったのだ。

「深森では当然のことだから年少組は薬草採りはみんなやります。スライムはともかく、トカゲは女の子もみんな狩りますよ」

さらに驚きの声が広がった。

「子どもが自分のお小遣いを稼いだり、親にトカゲの肉を持っていったりするのは悪いことじゃないでしょう。深森のみんなにとっては、それが仕事でもあり、遊びでもあるんです。アンファの町も女の子たちが積極的でした」

ショウはちょっと後ろを振り向いた。

「ね、リク。そうだったよね」

「え？　俺？」

リクは突然話が飛んできたので驚いたようだ。だが、ここでおどおどしていてはみっともないと思ったのだろう。きりっとした顔になると、

「確かにトカゲを獲るのは、女の子のほうが積極的でしたよ。俺もアンファの町で、アンファの子どもたちに交じって、ショウとハルに治癒を教わり、薬草の採取や、スライムを狩るやり方を学んできました。たった一週間でしたが、今度は教える立場に立つことができると思います」

と言い切った。

「リク、ほんとか」

「うん。ほんとだよ。やる気さえあればそう難しいことじゃない。やりたくない子どもに強制したりはしなかったし、子どもたちも喜んでやっていたよ」

リクの知り合いがいるらしく、直接リクに聞いて、それでも納得しがたいという顔をしていた。

「いくら子どもたちにやらせると言っても、薬師自身が薬草の場所を知らなかったり、採取していなかったりしたら効果は薄いんです。ですから、薬草の分布を知るためにも、安全性を図るためにも、まずは薬師が薬草採取とスライム狩りを覚えることが必須だと思います」

ショウが重ねて発言すると、薬師たちは渋い顔をした。

「それができないようでは、ポーションの作成が遅れ、いくら治癒師が手を尽くしても治らぬほどの痕《あと》が、町の者に残ることになる。時には女性も、子どももだ」

導師が静かな声でそう言った。治癒師のうちの数人が青い顔をして下を向いた。薬師にも視線をそらすものがいた。つまり、すでにそういう人がいるということだ。そして、怪我をした者についてはあきらめているということでもある。

「私が来たからには、多少の痕が残ったものでも、治癒できる場合もある」

導師の言葉に、うつむいていた者がはっと顔を上げた。

「しかし、私もいつまでもこの町にいられるわけではない。今、怪我をして痕が残っている者は治るとして、私たちが深森に帰った後はどうするつもりなのだ。嘆《なげ》いて暮らすだけか」

導師は厳しかった。

「薬師も治癒師の力もどちらも、女神が民《たみ》のために与えてくれたものだ。その力に甘えるのではなく、その力を民のために尽くす。それが我らの役割であろう」

女神と聞いて思わず口の端がピクリと動いたショウだったが、導師の言うことには頷いた。何より、導師その人がその役割を身をもって果たしているのだから。本当に説得力のある言葉だった。

「アンファの町の一週間に比べれば、カナンでの時間はぜいたくなほどあります。まずは一週間、子どもにやらせる前に、大人が訓練しましょう。交代でいいから、全員参加で訓練し、薬草の分布図を作る。誰か計画を立ててくれませんか」

やらされたという思いをなるべく感じないように、自分たちで計画を立ててもらう。それに全面的に協力するという形がいい。

導師の言葉で燃え上がった薬師たちの心は、ショウが提案した計画作成に容易に傾いた。

「では明日から」

というショウの言葉をさえぎったのは若い薬師だった。

「いえ、計画はきっと年長者が立ててくれるでしょうから。僕ら若い薬師は、さっそく今日からあなたたちと一緒に訓練に参加したいです」

「もちろんです」

がっしりとショウと手を握り合う若い薬師を見て、俺の時は協力しなかったくせにという顔でエドガーがぐるりと目を回した。それをうっかり見てしまったリクが思わず噴き出し、咳《せき》をしてごまかしていたのをショウは確かに見た。

がっしり手を握り合ったからと言って、ショウがこの若い薬師に感動したかというとそうではなかった。

同じ薬師でも、もし、アンファの町のロビンだったら？　そもそも恥ずかしがって手を握らなかっただろうし、握ったとしても最終日に、お礼と親愛の意味を込めてそっとそうしただけに違いない。

つまり、感動のあまり手を握ったというよりは、そういう機会があればすかさずそうするタイプなのだと見た。

ショウもハルも、深森ではその平原らしい黒髪と茶色の瞳《ひとみ》がまず目立ち、かわいいとかかわいくないとかで判断されたことがなかった。なかったと思う。だって、ファルコがショウのことを大切にしてくれる要素は顔や何かじゃないとショウは思うのだ。

しかし、平原ではショウもハルも良くも悪くも他の人と同じ顔立ちだ。逆に違いが目立つ。アンファの町での評価を見ると、ショウもハルもどうやらかわいい顔立ちに入るらしい。

ショウはエドガーのちょっと悔《くや》しそうなあきれた顔を横目で見て、この薬師がちょっと駄目なやつなんだなと判断を下した。

そして熱心に握っている手を控えめにそっと外した。手をズボンで拭かなかったのをほめてほしい。そしてファルコとレオンがそばにいたことが実はちゃんとした牽制《けんせい》になっていたことに初めて気がついたのだった。

ここでエドガーが、やっと自分も参加できそうだと前に出た。

「さ、俺が一応薬草の生えているところをチェックしてるからさ。まずそこに行って始めたらいいんじゃないか」

「エドガー、俺たちはこのお嬢さんたちと一緒に訓練に行くんだ。この二人に任せるって導師も言ってたじゃないか」

「そういうことじゃないだろ、チャーリー」

この駄目な薬師の名前はチャーリーと言うらしいが、この会話を聞いただけでも、エドガーがカナンの町でどんなふうに過ごしたか想像がつくというものだ。

しかし、これに関しては導師が簡潔に終わらせた。

「もちろん、はじめから派遣していたエドガーはショウとハルと共に指導に当たらせる。そのほうが効率がいい」

正論である。

そうして一行は、エドガーに導かれて、町の西側を目指すことになった。

「あ、こっち俺の家のほうだ」

「リクの？」

「うん。そうか、こっちのほうが荒れ地が多いからなあ。考えてもみなかったけど、俺の家の周りに薬草が生えてたってことか」

平原だからと言ってすべてのところが開拓されているわけではない。ないからサイラスのような、荒れ地をゆっくり農地に変えていくような仕事が成り立つのだ。そして、サイラスの家のほうは、放置されたままの荒れ地が多い、つまり木立などもあるということで、アンファの町の感じから言うと、木立の多いところにはいっそう薬草が生えやすい。

「前にも説明したが、町のはずれのここから、あの丘に行くまでの道沿いにはかなり薬草が生えている。そして持ち主がいなかったから放牧地には入れなかったが」

エドガーはちらりとサイラスのほうを見た。やはりサイラスの放牧場方面の話なのだ。

「少なくとも、放牧場の周りの手入れされてないところには、薬草はしっかり生えていた。各農地にもそういう場所はあると思うから、農場の持ち主に許可を得て薬草を採取するのもいいと思う」

「そこまでは聞いてねえよ」

エドガーの言葉をチャーリーがさえぎる。

エドガーは深森の仲間だ。その仲間には冷たくしているのに、ショウやハルにだけ優《やさ》しい、そんな状況で、チャーリーやほかの薬師のことを信用できると思っているのだろうか。ショウはそんなチャーリーについても、チャーリーをとがめもしない他の薬師についても、いやな気持ちになるのだったが、その気持ちは心の奥に抑え込んだ。

「はい！　では聞いてください！」

ショウは手をぱん、と叩いた。

「皆さんはポーションを作るのに忙しくて、地面に生えている薬草をそのまま見たことが少ないかもしれません。だから、薬草を探してお小遣いにしている年少組の私がコツを教えます」

そしてにっこりすると、すっとしゃがみこんだ。なぜ採る前にしゃがむのかといういぶかしげな視線に内心いらいらしながらも、

「子どもでも、こうして薬草に近い目線で見ると、薬草を探しやすいんです。あ、けっこうある」

大人だから気がつかないよねという言い訳をショウからもらった大人は、ショウの「けっこうある」という言葉に興味を引かれて次々としゃがみこんで見ている。

「確かに大人になると、こんな目の高さで地面を見ることなんてないねえ。おや、ほんとだ。薬草があるよ」

ついてきていた中で、比較的年長の薬師が面白そうにそう言うものだから、五人ほどいた残りの薬師も次々としゃがみこんでは、目を皿のようにして薬草を探して見ている。

「あった」

「あったよ」

しまいには全員が薬草を見つけ、中にはせっかちに採取を始めた者もいる。見つけてしまえば常に扱っている物だ。抵抗なく採取できるようだ。

「新鮮なものがこうしてすぐ採れるところにあるのは嬉しいなあ」

「自分たちで採ってもよし、子どもたちに頼んでもよしなんですよ」

「なるほど」

「あ、ちょっと待ってください」

ショウは夢中になっている薬師たちを止めた。

「あれ。スライムです」

「なんだと！」

大の大人たちが全員立ち上がってざわめいている。エドガーは後ろでため息だ。

「ハル！」

「うん」

ここでハルの登場だ。今までニコニコしながらショウについて歩いていたハルは、一見するとおとなしい子だ。そのおとなしい子が、腰のポーチから長い棒を取り出すと、ちゅうちょなくスライムに近寄っている。

「おい、危ないぞ！」

当然、止める人が出てくる。ハルはにこりと笑うと、棒でスライムをつつき、二回酸を吐かせると、平原の子どもも持っている小さいナイフでスライムをさっと切り裂いた。スライムは魔石を残して静かに消えていく。ハルはそれを水魔法で洗って、魔石を指で取り上げた。

「子どもに教える時は、もっと丁寧に教えるんです。でも、皆さん薬師でしょ。薬師は魔力も多いから、水魔法も使えることを前提に、一番早く退治する方法をやってみました」

おとなしい少女が、なんの危険もなく、棒とナイフだけで淡々とスライムを退治してみせたその光景に、薬師たちは言葉もなく立ち尽くした。

ハルが実際にスライム狩りをやってみせると、元来が学究肌の薬師たちである。ショウがスライム退治をするにあたって一番最初にしたことが、スライムの観察と安全な距離の研究であることを知ると、自分たちも一からやってみたいと言い始めた。

そうなると、納得できないのがエドガーである。エドガーが今までやった努力だけでなく、ショウやハルがやった努力も無駄になると感じたのだろう。

「だからあんたたちは俺たちの時間を何だと」

「エドガー」

あきれて怒り出しそうになるエドガーをショウは静かな声で止めた。

「わかってる。エドガーの気持ちはわかってるよ。でも少なくとも動き出したんだから。ちょっと余計に時間がかかるかもだけど、結果的には、自分たちが納得する形がいいと思う」

「わかってはいるんだが」

心情的には納得できないのだろう。

一度研究モードに入ると、かわいらしい女の子と一緒にいて浮《うわ》ついている気持ちは薄れるようで、あのチャーリーでさえまともにスライムを探して向き合っていたのには感心した。

しかしさっきからショウが気になっているのは、遠巻きにこっちを見ている町の子どもたちだ。遠巻きにしていたのに、どんどん近くに寄ってきた。

エドガーの時はよそ者がいきなりやってきて、自分たちに仕事をしろとあれこれ指示を出す。今まで自由に遊んでいた子どもたちには、面倒なことだっただろうし、すぐに反発したのだろうなと想像はつく。

でも、今は大人、それも専門職の薬師たちが、自《みずか》ら外に出て、薬草採りをしているようだと気がついて、様子を見に来たのだろう。

「深森だとこの時間は、教会の学校で勉強している時間だけれど」

朝から薬師を呼んで活動を始めたので、まだお昼前である。

「字の勉強と計算くらいなら、もう大きい子はだいたいできるからね。一四歳になって見習いとして動き始めるまでは、けっこうみんなのんびりしてるよ。午前中から自分のうちの手伝いをする子もいるし」

「え？　あれ、リクは？」

「俺は、もう勉強的には行く必要はないんだけど、子どもは子ども同士で遊ぶもんだと言われて、週何日かは強制で行かされてる」

　本当は毎日サイラスと一緒に荒れ地を駆け巡りたいのだと、リクの顔は言っていた。

「そういえば、二〇歳まではその土地に定着できるように育てるもんだって、深森でも言われたなあ。サイラスは正しいよ、うん」

　深森の北の町は狩人になる子が多く、厳しい訓練が遊びとして取り入れられているように、平原は平原で穏やかなやり方があるのだろう。

「さ、じゃあ俺はここにいるより、教会に行ったほうがよさそうだから、一度教会に戻るぞ。うちの敷地や、敷地の周りで薬草を採るのは全然かまわない。ただ、牛がいるから、それだけ注意してくれよ」

　サイラスはショウとハルがうまく薬師たちを扱ったのを見て、安心したように戻っていった。ほんのちょっと癒しの力を発現させた大人として、皆の手本になることを期待されているらしい。

「薬師たちはさすがだね。やっぱり大人が本気になると違うなあ」

「当たり前だろう。そもそも大人の仕事だ」

　ショウは驚いて振り返った。遠巻きにしていた子どもたちが、いつの間にかすぐそばに来ていたのだ。そのうちの一人はリクの知り合いのようで、リクに話しかけてきた。

「リク、しばらく見ないと思ったが、戻ってきてたのか」

「ああ。アンファの町で導師一行とうまいこと落ち合うことができたんだ」

「ふん。深森か」

リクと同じ年頃のその少年は、馬鹿《ばか》にしたようにエドガーのほうを見た後、ショウとハルに目を向けた。

「君たち、見ない顔だけど。まさかエドガーの取り巻きかなにかか」

「はあ？」

ショウはその言葉にぽかんと口を開けた。アンファの町でも少年たちに薬草の採り方を教えていたので、黒髪の平原の少年にも慣れたつもりだったが、こういうたぐいの少年は初めて見た。きちんと折り目のついたズボンに、シャツとベスト。少し長めの髪の毛はきれいに整えられている。

まあ、整った顔立ちと言えなくもない。ひ弱そうだけど。これがショウの感想である。

よく見ると、その少年の周りには似たような少年が集まっていたが、同じくらい少女もいた。少女の半分はエドガーに目が向いていたが、半分はショウとハルを見ていた。正確には、ショウとハルの服をキラキラした目で見ていた。

町の子。

そんな言葉が思い浮かんで、ショウはクスッと笑ってしまった。都会で毎日電車で通勤していた自分は、今は自分のことを町の子だとは思っていないということになる。たくましくなったものだ。

その少年のことを笑ったわけではないのだが、むっとしたような顔をした。

「君」

「ガーシュ、失礼だろ。初対面の子だぞ」

その少年が何か言いかけたのを、リクがさえぎった。

「リク、お前」

「ショウ、ハル。この子がガーシュ。今年少組では一番年が上で、まとめ役みたいなことをやってるんだ。それからこっちがデリラ。同じように、女の子のまとめ役みたいな感じ」

リクが面倒なことにならないよう、男女まとめて紹介してくれた。

「あとは人数が多いからそれぞれで知り合って。それから、この子たちが深森から来たショウとハル。ショウは治癒師で、剣士。ハルは学院を卒業した魔術師で、治癒師でもある。俺たちと同じ年少組だけど、導師に仕事を任されてるんだ。仲良くしてくれると嬉しい」

リクは二人が深森から来たこと、仕事をしに来ていることを強調してくれた。リクの話し方を聞いていると、リクがリーダーではないようだが、子どもたちの間で強い発言力を持っていることはうかがえた。

「深森から？　だって君たち、髪の色、黒じゃないか」

「俺と！」

リクがまた割り込んだ。

「俺と、故郷が一緒なんだ。ただ、事情があって深森と湖沼に飛ばされた」

「リクと？　じゃあもしかして、家族は」

デリラと紹介された子が、心配そうに聞いてきたので、ショウもハルも首を横に振った。

「家族はいなくなったけど、今は養い親のもとで、しっかり面倒を見てもらってるよ」

「私も」

「えらいのね」

デリラはにっこりと笑った。よかった。少なくとも女の子とは仲良くなれそうだ。デリラという子はすぐにわかってくれたけれど、リクの事情について何も知らない子も多いから、むしろリクの故郷の話を聞いたことで子どもたちがざわざわし始めた。せっかく子どもたちが集まったのに、別のことに注意がそれてはもったいないと、ショウは子どもたちに話しかけた。

「リクが紹介してくれたんだけど、私とハルは、薬草採取とスライム狩りを教える担当なの。今、薬師の皆さんにも体験してもらってるんだけど、みんなもやらない？」

なるべくソフトに聞いてみた。しかし、子どもたちはそもそも自分たちがやるものだと思っていないので、戸惑いのほうが先に立っている。

「農地にトカゲやスライムが出るから、狩る方法教わって来いってお父さんとお母さんに言われなかった？」

全員が首を横に振る。まずそこから徹底してほしいものである。

「そんな、危険なことしちゃいけませんって言われてる。スライムを見たら近寄っちゃダメって」

年少組でも、比較的小さい子がそう言った。それはそれで正しいのだが、ショウは難しい顔をして腕を組んだ。この子たちに、今すぐスライムを狩れというのはハードルが高すぎるのだ。では別の角度から攻めよう。

「そうなの。じゃあ、この中に春の野草摘みが好きな子はいる？」

何人かが、おずおずと手を上げた。

「薬草はね、春の草と違って、いつでも摘めるし、それを薬師のところに持っていくととっても喜んでもらえるし、それにね、お小遣いにもなるんだよ」

お小遣いというところでぴくっと興味を示した子も何人かいる。これはいけるかもしれない。

ショウがそう思ったところで、邪魔《じゃま》が入った。

「ちょっと待てよ、君。ショウだったたか。何の権利があって、カナンの子どもにいろいろやらせようとしてるんだ？」

腕を組んでこちらを見下すように見ているのは、ガーシュだった。後ろでエドガーがやれやれと首を振り、リクがやっぱりなという顔をした。そうなると思っていたなら、何とかしてくれたっていいじゃない、とショウが思ったとしても仕方のないことだと思う。

何の権利があって、カナンの子どもにいろいろやらせようとしているのか。

ガーシュの言葉に、ショウはぐっと詰まった。いや、ぐっと言葉を飲み込んだ。

それは、決してガーシュの言葉に納得したからではない。自分が精神的には転生者で大人であるということを、自分に言い聞かせなければ、怒り出してしまいそうだったからだ。

深森の北の町では、最初にガツンとやって男の子にも女の子にも認められた。それは幼かったからできたことだ。ガーシュを見るに、リクと同じ年頃、つまり一四歳間近の一三歳ということになる。そんな子、しかもプライドの高そうなお坊ちゃまが、ショウのような女の子にガツンとやられたらどうなるか。

プライドをへし折られて、絶対協力してくれなくなる。だからこその我慢だった。

「わざわざ深森からカナンまでおせっかいに来るなんて、そこの薬師もだけど、深森はよほど暇なんだな」

「暇じゃないって言ってるだろ。何度言っても聞かないんだからな」

エドガーのボヤキはもはや毎度のことになりつつあった。しかし、ガーシュの言葉は、今朝ファルコと別れたばかりのショウには腹立たしいものだった。ショウの頭の中で何かがプチっと切れた音がした。

ショウはガーシュのほうを見ると、ずんずんと歩いて目の前まで行った。ガーシュのほうが頭半分背が高いが、そんなことはかまわない。

「な、なんだよ」

ショウは何も言わず、右手でガーシュの肩をバンと叩いた。ガーシュは大きくたたらを踏んで後ろに下がった。

下がった分、ショウは前に出て、またガーシュの肩をバン、と叩いた。毎日剣の訓練をしているショウだ。力は強い。思わずガーシュは尻《しり》もちをついた。

「シ、ショウ」

ハルがおろおろと手を伸ばしているが、リクもエドガーもあっけにとられて何もできずに立ちすくんでいた。もちろん、町の子もだ。

何より、叩かれたガーシュ本人もあっけにとられていた。

実はショウはそんなに力を入れて叩いてはいない。ただ、右左交互に肩を叩いてバランスを崩しただけだ。だから、ガーシュは痛みを感じたわけではない。ただ、自分にこんなことをした人が今までいなかったので、どうしていいかわからなかったのだろう。

「お、お前」

「親父《おやじ》にも殴《なぐ》られたことないのにって言いたいの？」

こんな時なのに、ハルとリクは思わず噴き出しそうになるのを必死でこらえた。こんな冗談が出てくるくらいには、ショウは冷静にはなっていた。

「まあ、そうでしょうよ。生まれ育った町を出ることもなく、三食お父さんとお母さんに用意してもらって、生きるための食べ物を自分で稼ぐ必要もない。大人になるまで甘えて生きているようなお坊ちゃまだものね」

「お、お坊ちゃま?」

ショウはわなわなと震える人を初めて見た。一方で、目の端にはショウの言葉を正確にとらえ、思わずといったように口元を押さえ、同情心に満ちた目で見ているデリラがいる。

ショウはそれにもちょっとイラっとした。おそらく、ショウについてもリクと同じような孤児で、食べるものにも困ってやっと養い親に保護されたというストーリーが頭の中にできあがっているに違いないからだ。もっとも、ハルに関しては、それを否定できないのだから苛立っても意味がなかった。

「お坊ちゃま以外の何者だっていうの?」

ショウはずいとガーシュに近寄り、ガーシュは尻をついたまま思わずのけぞった。

「いい、私とハルはね、今朝、ついてきてくれた養い親と離れたばかりなの。なんでかって? 親にだってやるべき仕事があるからよ。それもね、深森の仕事じゃないんだよ」

ショウは腰に両手を当てて、ガーシュに言い聞かせた。

「岩洞の夏の狩りに行ったの。まだ夏じゃない、それはわかってる」

ショウは目を上げて、疑問に思っただろう町の子にも話しかけた。

「夏に行ったんじゃ間に合わないくらい、岩洞の国境の町では魔物が多いと聞いたから。そしてその魔物を倒しに行くのは、なんのためだと思う?」

ショウは再び目をガーシュに戻した。

「し、知るわけがない」

「少しは頭を使いなさいよ」

ショウの厳しい言葉は、むしろリクに響いたようだ。胸を押さえているのが見えた。

「魔物があふれたら、その魔物は平原になだれ込む。それを防ぐために、わざわざ岩洞まで出かけたの。二〇〇年前の大災害を、平原はもう忘れたの？」

「そんな、大昔のおとぎ話のようなもの」

「おとぎ話じゃない」

ショウは静かに言い聞かせた。

「すでにアンファの町では、ハネオオトカゲの大発生が起きた。毎日深森で魔物を狩っている私たちが、その仕事を休んでまで来たのは、暇だからでもおせっかいだからでもない」

カナンの町の子から、ごくりと何かを飲み込むような気配がした。

「危険だから。町の人を守りたいという、カナンの町の治癒師の依頼を受けたからだよ」

「そんなこと、俺たちには」

「関係なくないでしょ。確かに町の中にいれば安全かもしれない。でもね、畑に出るのは、誰かのお父さんやお母さんなんだよ」

ショウのこの言葉で身じろいだ子どもは、きっと親の仕事が農業なのだろう。

「少し道をはずれたところにもスライムはいる。そんなところを歩いて傷つくのは、誰かのお兄さんやお姉さんなんだよ」

ショウはガーシュから目を離して、町の子を見渡した。

「薬草採りやスライム狩りなんて、一日に一時間か二時間のお手伝いなのに。深森からその手伝いに来ている子に文句を言う暇があったら、自分でやれることをやろうとしたほうがいいんじゃないの？　お小遣いにもなるし」

これは大事なことなので、ショウはちゃんと付け加えた。そのすきに、尻もちをついていたガーシュは立ち上がっていた。

「な、なんだよ、乱暴な女だな！」

「へえ。それで？　覚えてろよとでも言う気なの？」

「くっ、お、いや」

覚えてろよと言う気だったようだ。

「付き合ってられるか！　みんな、帰るぞ！」

ガーシュはそれでもどうにかリーダーらしさを発揮して、どうしようか迷う子どもたちを連れて帰ってしまったのだった。

「お坊ちゃまめ」

「ショウ、大丈夫なの？」

ハルが心配そうだ。リクは何とも言えない目でショウを見ている。

「男の子は当分放置しよう。勝負は女の子からかけるよ」

「勝負？」

「ハルさ、アンファの町で置いてきた他に、まだ服や小物持ってるでしょ」

「うん。お店に納める分の他に、たくさん預かってきたから」

「よし！」

ショウは片手を握った。

「それを薬草と引き換えにしよう」

「薬草と引き換え？」

薬草を採ってきた人にだけ売る。服や小物の欲しい女の子は絶対乗ってくるはずだ。

「それに、おうちが貧しい子どもも」

お金が稼げるなら稼ぎたいと思っている子どもも、確かにあの中にいたと思うのだ。

「勝負は、明日から！」

ショウは去っていくガーシュをにらみつけた。

第二章　ファルコのいない日々

「なんていうか、俺、あの時毒気《どくけ》を抜かれた」

「エドガー、何言ってるの？」

その日夕食の席で導師に、一通り怒りをぶちまけたショウに、エドガーがそう言った。ファルコもレオンもいないし、サイラスとリクは自分の家に戻っているから、一行は導師とショウとハル、そしてエドガーだけになっていた。ショウとハル、エドガーと導師がそれぞれ同室である。

ファルコは決しておしゃべりではなかったし、レオンだって陽気だけれどうるさくはなかった。でも、ショウとハルの言うことをいつも楽しそうに聞いてくれて、時には違う物の見方を教えてくれることもあった。

静かに黙って聞いてくれる導師は、それはそれでありがたいのだが、何となく物足りない気もするショウである。

「そもそもショウが男の子を突き飛ばすとは思いもしなかったし、あんなに正論で打ち負かすとも思わなかった」

「突き飛ばしたことは反省してるよ」

ショウもやってはいけなかったと思ってはいるのだ。気に入らないからって、手を出してはいけない。

「俺は嘆いて愚痴《ぐち》を言うばかりで、真正面から当たっていなかったなって思ってさ。明日から、大人のほうに行ってみる。つまり気に入らないけど薬師のほうに行って、自分にできることがないかもう一度やってみるよ」

「エドガー、すまないな。まさか薬師同士で話を聞かないとは思ってもみなかった」

そう言った導師は少し浮かない顔をしている。

「私自身、熱意を持った癒し手とばかり接していて、それが当たり前だと思いすぎていたんだ。誰もが自分と同じ熱量で動くわけがない。人の心の機微《きび》というものを見失っていたと、反省をしている」

「導師。導師のしていることは間違ってはいません。ただ、俺に覚悟が足りなかっただけです」

エドガーの声は落ち着いていた。

「それでもだ。エドガー、ショウ、ハル。辛かったら、無理をしないでおこう。この大きい町を救うにはいったいどうしたらいいかと悩んでいたが、そう悩むのは私はもうやめにしたよ」

微笑《ほほえ》む導師は、今日、教会で厳しいことを言った人とは別人のようだった。

「導師……」

「ショウ、最初に言っていただろう。治癒に関するあれこれを、するもしないもこの町次第だって」

「そうでした。すぐ忘れて熱くなっちゃう」

ショウはふうっと息を吐いて力を抜いた。確かに、自分でそう言っていたではないか。

「私たちはつい、一番効率のいい治療や勉強を考えてしまいがちだが、この町の規模ではそれはかえってよくないのかもしれない。大きな町だ。いろいろな考え方の人もいて、いろいろな生活の人もいるだろう。今日一日で、期待しすぎてはいけないことはよくわかったよ」

導師はさっさと割り切ってしまったのか、明るい顔になった。

「一人。一人でもいいのではないか。薬師に一人、子どもの中に一人、治癒師の中に一人。おや、これだけで三人だ」

「導師ったら」

ショウもハルも思わずくすくすと笑った。

「そこから一人ずつでも余計に増えて、二人になり、三人になったなら上々ではないか。星迎えの日まで頑張って、あとはカナンの町の人に任せて帰ろう。深森《ふかもり》へ」

深森の北の町に帰りたい。四人はそっと大きなため息をついた。一九歳まで頑張らなくても、もう北の町はショウとハルの故郷なのだ。

次の日、エドガーは薬師たちにあきれたような視線を向けることもなく、皮肉を言うこともなく、もくもくと薬草採取に参加していた。昨日参加していなかった薬師も、まずショウとハルから、そしてその後は昨日先に学んでいた薬師から、興味深そうに学んでいた。昨日参加した薬師はきちんと学んだことを覚えていたし、戻った後、きちんと行動計画を立てていた。

「薬師からは、一人ではなくもう何人も自分から動ける人が出てきたんだね」

「導師の目標は薬師に関しては達成されたというわけよね」

ショウとハルは、子どもたちが出てくる時間まで、エドガーと薬師に交じり、共に薬草を採取しスライムを狩った。

薬師たちはショウとハルに素直にお礼を言って、充実した顔で戻っていった。エドガーも、頑張れよと口だけ動かすと一緒に戻っていった。

「子どもたち、来るかなあ」

「うーん。ほら、でも少なくとも一人は来るよ！」

ハルはそう言うのだが、ショウは思いつかなかった。

「リクだよ」

「リク？　だってリクは。そうか」

ショウははっと気がついた。

「リクは、カナンの町の人か。じゃあ子ども一人はもう」

「クリアだよ！　あとは増えたら増えた分だけおまけだね」

「おまけ！　いいね！」

二人で明るい気分になっていたら、町のほうからリクがやってきた。

「あー、とりあえずおまけはないみたい」

「一人だね」

リクは一人だった。

「よう」

「やっぱり駄目だったかー」

「何が？」

「他の子どもたち。来ないなあって」

「ああ」

リクはにやりとした。

「来るよ。全員じゃないけどな」

「来るんだ！」

「うん。今ガーシュの妨害工作にあっているから、何人来られるかなあ」

「あいつめ！」

ショウは思わずこぶしを握った。

「ははは。ショウ、手加減してやれよ。お坊ちゃまなんだからさ」

「だってさ」

「うん。もしさ、他に子どもが来なかったとしても、俺がやるから」

「リク？」

リクは昨日まではまだ他人事《ひとごと》のような顔をしていたように思う。

「正直、俺、子どもに転生したけど、自分が子どもって思ってなくてさ。サイラスとも気持ちは対等のつもりだった。だから、この町の子どもたちとはさ、知り合いは知り合いなんだけど、なんというか、あんまり関わりがなくて」

ショウは最初から子どもとして町のコミュニティに溶け込んでいたから、大人としての自分なんてあまり考えたことはなかったのでリクの言葉に驚いた。

「でも、昨日のショウを見ててさ。他人事じゃないだろ、俺の町のことなんだよなって、やっと思えたというか」

なんとなく麦畑を見ながら話していたリクは、照れくさそうにショウと目を合わせた。

「俺がやる。俺がやるよ。だから、ショウとハルは無理すんな。あー、やっぱり、女の子についてはやってほしいかな」

困ったように頭をかくリクを、ショウは初めてちょっとだけかっこいいと思った。

そんなショウたちのほうに、ぽつぽつとだが子どもたちが集まってきた。ショウにはその何人かに見覚えがあった。

「昨日、興味を示していた子たちだ」

「うん。家がさ、ちょっと貧しい子たちなんだよね。早く見習いになって働きたがってるけど、一四歳になるまではだめだろ？」

「深森では年少さんでも小遣い稼ぎはしてた。それが当たり前だったから、ぴんとこないなあ」

「そうか。でも俺、見習いになるまでは働かないって仕組みはさ、ある意味正しいと思ってるけどね」

こちらに歩いてくる子どもたちを見ながら、リクが腕を組んだ。

「俺たちの世界だって、昔は児童労働って問題になってただろ。今だって国によっては、学校に行けない子どもがいたりする。小さい子どもも働いていいってなったら、勉強や遊びの時間を削ってでも働こうとする子どもも出るだろうな」

ショウはこの世界に来て、そんなふうに考えたことはなかった。

「でもね、リク。この世界って、学校で学ばなければいけないことって、それほど多くないよね」

「うん。読み書きと計算。そして歴史と常識くらいかな」

「私が治癒を、リクが農業を学んでるように、将来の仕事の勉強もしながら学ぶので十分な量だよね。一三歳まで、ただただ学べ、遊べって、平原《へいげん》の子にとっては楽しいことなのかな」

「俺は楽しくなかった。けど、他の子はどうなんだろうなあ。まあ、だからこそ、そこに子どもを薬草採取に向かわせるきっかけがあるんだよな」

そういうことだ。

「けどな、ショウ。やらせすぎちゃだめだ。人や親の役に立つってことは、子どもにとってとても嬉しいことなんだ。だけど、これだけ大きい町だと、それにつけこむ怠《なま》け者の大人もいるし、本来の自分のやるべきことをおろそかにする子も出るだろうからな」

「そうか。難しいね」

ショウも腕を組んだ。

「一人当たり納める数を制限するとか、ひと月の上限を決めるとかするといいかもね」

「それがいいね。でも、そこまで私たちの仕事かなあ」

ハルの言葉にショウはやれやれと肩をすくめた。

「まあ、そういうことは俺に任せてくれよ。面倒なことはなるべくそっちに行かないようにするからさ」

「頼りになるー」

「棒読みかよ」

三人はにこやかに町の子を迎えた。

「あの、俺、正直なところ、小遣いを稼げるなら薬草採取をしたい」

最初にやってきた男の子はそう言った。リクは嬉しそうに頷いた。

「できれば二人か三人組になったほうがいいんだけど、あてはあるかい？」

「ない」

「うん。じゃあ、一人でできるように、スライム狩りと薬草採取、セットで教えるよ。ナイフは？」

「持ってきた」

小さいナイフは、子どもたちはたいてい持っているので、新たに買わなければならないということはない。

リクはポーチから棒を何本も取り出した。

「昨日、うちの近くの丘の木立で作った」

感心するショウとハルにそのうちの何本かを渡し、それから、男の子が三人ほど集まったところで、彼らを連れて薬草採りに出発していった。

「やるね！」

「さすが」

残ったのは女の子が三人だ。どうやら仲良しらしく、三人組になることは喜んで了承してくれた。

「ナイフはある？」

「ええ。長い棒もいるって聞いて、いくつか木の枝を拾ってきてみたの」

中の一人が長さの違う木の枝をポーチから出して見せた。

「すごいや。棒の長さはこれより長ければまあ、大丈夫だから、こっちの二本は使えるよ。こっちの短いのは危ないからダメね」

ショウは自分の棒を出して見せた。女の子はそれと自分の棒を真剣に見比べている。

「持ちやすいように、何かを巻いてもいいわね」

「いいと思う！」

工夫する気はあるようだ。

一人は怖がってできなかったものの、スライムを倒しつつ、薬草を採っていく。薬師ギルドから預かった袋を渡して、説明した。

「これいっぱいで五〇〇ギル。安いけど、一ヶ月に一袋か二袋でも、ちょっとしたお小遣いにはなるからね」

「そのくらいでも、自分の小物が買えるもの。大助かりよ！」

ショウがちらりと見ると、薬草を採ってお小遣いを稼ぎたいと言っている子どもたちの服や小物は、やっぱり少しばかり古かったり繕《つくろ》ったりした跡がある。

北の町は小さかったせいか、貧富の差などなかった。あえて言うなら衣料品店の娘のアウラなどはよい服を着ていて、家にも家事を手伝う人がいたなとショウは頭に思い浮かべた。

しかし、アウラがお嬢様なのは主に本人の積極的な気質によるものであって、お金持ちだからではないし、服は店の宣伝でもある。現に年少組の活動は他の子どもと同じことをしていたし、時間が余ったら薬草採りの他に、家業の手伝いとして染色に使う草花などを採っていたりもした。

誰もが動きやすい清潔な服を着て、お小遣いを貯めてお祭りの日には着飾ってお金を使う。必要に迫られて、お金が欲しいという子どもはいなかった気がするのだ。

大きい町というのは難しいとショウは思う。

そして、結局、それから数日たっても、薬草採取にくる子たちは一〇人以上には増えなかったのだった。そもそもガーシュやその友だちが来ることは期待していなかったが、あてになりそうだった女の子たちでさえ、顔すらも出さなかったのには少しがっかりした。

「ショウ、例の作戦はいつ実行するつもり？」

夜、ショウに話しかけてきたのはハルだ。

「女の子たちの、薬草採取した人だけに服や小物を分けようって言ってた作戦だよね。実は悩んでて」

宿の部屋で寝る準備をしながら、ショウはため息をついた。

「やっぱり？　私もショウがやろうってもう一度言ったら、止めようと思ってたんだ」

「ハルもそう思う？」

「うん」

最初に掲げた、一人でも、薬草採取に参加してくれる人がいればいいという目標は達成できた。

何しろ毎日一〇人近くは参加してくれているし、意外と皆慎重なので、怪我をする子どももいない。

でも、深森の服や小物で気を引いて、もっとたくさんの子どもに薬草採取をさせても、それは本当に一時的なものになるような気がしたのだ。

「スライムやトカゲがいるとはいえ、深森よりは少ないし、大きな魔物もいない。こんな中でずっと暮らしていたら、なぜポーションが必要なのかなんて、実感はわかないよね」

「うん。なんだか星迎えの祭りの日まで、ここにいる必要があるのかなあって思っちゃう。エドガーのほうは、調子がいいみたいだし」

薬師のほうは、あの日がきっかけで、ポーション作りがうまく回り始めたのだ。子どもたちが採っている薬草はもちろん役に立っているけれども、薬師たち自身が薬草を採るようになってきている。

「それでも、この町の家一軒ずつにいきわたらせるには、まだ何ヶ月、下手《へた》すると年単位で時間がかかりそうだってエドガーは笑ってたね」

「笑えるくらいになってよかったけどね」

悪いことばかりではない。ショウとハルの作ったきっかけで、エドガーがやりやすくなり、薬師たちが動き出したならそれはそれでいいのだ。

「導師のほうも、ゆっくりとだけど、癒しの適性を再検査する大人が来ているみたいだし、様子を見てひどい痕が残っている人の治療を始めようかって言ってたしね」

そう言っているということは、まだ始めていないということでもある。

「大きい町だから、どんどん進んでいくかと思ったら、ずいぶんゆっくりだよね」

「ほんとだよね」

よく来る子どもたちも、薬草の採取はもうだいたい心配なくできる。

「いっそのこと全部リクに任せて、導師の手伝いに戻ろうかな」

それが本来のショウの仕事だ。

「それもいいと思う。私がもう少しリクと一緒に面倒を見るから、とりあえずショウだけ手伝いに戻ったら？」

「もう何日かしたらそうしようかなあ」

どうするにしても、一度まず導師に相談しないとならないと、ベッドに寝転がりながら思うショウだった。しかし、導師に相談する前に、面倒ごとがやってきた。

「あれ、追加の子どもが来るかと思ったら、大人も来るよ」

次の日、カナンの子どもたちと一緒に楽しく薬草採取をしていると、何人かの人影がやってくるのが見えたようだ。背伸びしているハルが首を傾げたので、ショウもリクもハルの見ているほうを見てみた。

「ガーシュと仲間たちだ。まったく興味なさそうにしてたのに、何の用だろ。大人は、誰だ？」

「リクも知らない人？」

「ん。と言っても、だいたい知らないけどね。ガーシュのお父さんだとしても知らないし」

「そっか」

いったい何をしに来るのだろう。

初日に見かけたガーシュと子どもたちがまず目に入った。

この間は、ショウに突き飛ばされた挙句《あげく》、捨て台詞《ぜりふ》を残して去る小物みたいな退場の仕方だったが、今日は大人がいるせいか、少し大きな態度のような気がする。

そして、子どもたちを引き連れて歩いてきたのは、日本で言うと五〇歳くらい、つまり、この世界で言うと一二〇歳から一五〇歳くらいの、働き盛《ざか》りだろうと思われる男性二人だ。

体にぴったり合ったジャケットに、おしゃれなベストがのぞいている。北の町ではアウラのお父さんくらいしかしない格好だ。さすが大きな町では大人もおしゃれだな、と、ショウが思ったのはそのくらいだった。

「君、リクと言ったか」

その人はまずリクに話しかけた。

「君も拾われっ子といえど、カナンの町の子どもだろう。なぜ、カナンの子どもを労働に従事させる手伝いをするんだね」

「え？」

リクは何を言っているかわからないというように聞き返した。

労働に従事させる？

私たちは、導師に、ひいては町の治癒師に頼まれたことをしているだけなのに、何を言っているんだろうとショウは唖然《あぜん》とした。

「本来子どもは、未成年の間は見習いとして仕事を学ぶことはあっても、労働して稼ぐべきではない。その子たちも、見習いとしての仕事はどうなっているのかね」

ショウが薬草採りをしていた子たちを振り返ると、何人かは下を向いている。

ショウはその大人の人の言うことがよくわからなかった。

「さ、こんなところで時間をつぶしていないで帰りなさい」

町の大人にそう言われたら動くしかない。子どもたちはしぶしぶ帰ろうとした。

「待ってください」

ショウが混乱している間に、リクが立ち直っていた。

「そもそもあなたは誰なんですか。俺、知りませんけど」

「私を知らない？　なんということだ。サイラスはいったいどういうしつけをしているのか」

その大人は大仰《おおぎょう》に驚いた様子を見せた。

「少なくとも、俺はあなたと話すどころか挨拶をした記憶さえありません。サイラスは、挨拶さえしたことのない人にはまず自己紹介をしろと教えてくれています。俺はリク。あなたは誰ですか」

痛烈《つうれつ》な反撃である。その大人は今度はたじろいだ。ガーシュがその後ろでぽかんと口を開けている。

「生意気な。まあいい。町に住んでいないのなら知らないのも仕方ないだろう。私は町一番の衣料品店のザーウィンだ」

「ああ、あの大きなお店の」

リクは理解したという顔をした。

「では、ザーウィンさん。子どもたちを労働に従事させるなと言いましたが、だったら今の時間、町の子どもたちは遊ぶ時間ですよね。そこで暇そうにしているガーシュたちのように」

「あ、ああ。そうだな。子どもたちは遊ぶ時間を取るべきだろう」

「じゃあ、今の時間、この薬草採取の仕事はしなくてもいいとしましょう。だとしても、代わりに見習いの仕事をするのはおかしくないですか。遊んでいることにならないですから」

「み、見習いの仕事はこの子たちの将来のためになる。うちの職場で、親と一緒に服を縫ったり、店番したりする手伝いをしているんだ。こんなことに時間を使っている余裕はないんだ」

つまり、自分の店で手伝いをさせたいから、薬草採取なんてしている場合ではないということだ。

「それ、どのくらいお小遣い出るんですか」

リクは冷静に聞いた。

「お小遣い？　見習いだぞ。仕事を学ばせてやってるのに、小遣いなんて出すわけないだろう」

「ああ、そういうことか」

リクはちょっとうんざりしたように肩をすくめた。

「おい、ガーシュ」

「な、なんだ？」

いきなり声をかけられたガーシュは、ちょっとびくっとした。

「ザーウィンさんの言ってたこと、わかったか」

「ああ。こんなとこにいないで、いつものように仕事場に行けってことだろ」

「いつものように？　ガーシュお前、それ知ってたのか」

「知ってたさ。お前いつもさっさと家に帰るから、町のことあんまり知らないだろ。偉そうにするなよ」

ガーシュはちょっとそっくり返った。

リクはあきらめたようにそのままガーシュを無視し、ザーウィンに話しかけた。

「見習いであっても、仕事をして成果を上げた場合は手当を出すのが通例です。つまり、手伝いでも小遣いは出すのが普通ってことだよ、おじさん」

「はっ。生意気な」

「少なくとも、ここで薬草を採れば、町の人のためのポーションの材料確保に役に立つし、少しだけどお金がもらえる。そもそも俺たちは見習いの仕事は午前中に済ませてるはずだ。あんたのやってることは、子どもの搾取《さくしゅ》だぞ」

リクはザーウィンにそう言いながらもガーシュのほうを見ている。

「とにかく、うちの従業員の子どもが勝手なことをすると困るんだ。お前たち、親の仕事が大切なら、今すぐ工房まで戻ってきなさい」

そう脅《おど》されてしまっては仕方がない。薬草採りをしていた女の子のグループがうつむいたまま戻っていった。

「ごめんね」

と小さな声で言いながら。

それを見てザーウィンたち大人も満足そうに帰っていった。続いて帰ろうとしたガーシュたちを、リクが引き留めた。

「待てよ、ガーシュ」

「なんだよ。負けて悔しいのか」

「負ける？　悔しい？」

リクがぽかんとした。

「しょせんお前のところに町の子どもは集まらないってことだよ。いつも通り、農場へ帰れ」

こうなってくると、ショウもハルもどう間に入っていいかわからなかった。最初から、大人の振る舞いが深森と違いすぎて、どう行動していいのか戸惑っていたのだ。

「何の話をしてるんだ。お前が子どもとして遊んでるのに、同じ年の子どもが働かされてることを何とも思わないのかって話だろ！」

「仕方ないだろ。あいつらの親は貧しいし」

「だからあの子たちは、同じ働くにしても、少しでも自分で稼げるこっちの薬草採取に来てたんだろ！　今戻って働いても、あの子たちはただ働きなんだぞ！　俺たちの勝ち負けなんてなんにも関係ないんだよ」

リクの言葉に、ガーシュよりも周りの子どもたちが反応している。取り巻きといえど、皆が皆裕福な家の子だというわけでもないようだ。

「子どもに稼がせるような親が悪いんだろ」

「悪いとしてもだ」

リクの声が低くなった。

「服が破れても買えなくて、つぎを当てなきゃならない、おやつだって、勉強の道具だって、買わずに我慢している子が、今お金を稼ぐ手段があったら、そりゃ稼ぎたいだろ。それにお前ら、午前中の見習いで、ちゃんと小遣いもらってるだろ」

親の跡を継ぐ子ばかりではない。他人のところに見習いに行っている子もいる。しかし、どちらの立場の子も、リクの言葉に頷いている。

「今聞いてたろ。あの子たちは、見習いの仕事をしても、お小遣いさえもらってないんだぞ。親が貧しい、見習いとしても小遣いがもらえない、そんな子たちが唯一稼げるチャンスを、お前はつぶしたんだ」

「は？　何を言ってるんだ」

「もういい。お前は遊んで、おやつでも食ってろ。お前にはがっかりした。さあ、薬草採りに戻ろうぜ」

リクはもうガーシュのほうは見もせず、残った子どもたちと薬草採取を始めた。

「ちぇ、つまんないやつら」

ガーシュはそう言うと、取り巻きを連れて本当につまらなそうに帰っていった。

リクは薬草を採りながら、悔しそうにつぶやいた。

「これが、俺がこの世界に来て、周りに無関心に、適当に生きてきたことの報《むく》いなんだな」

そんなことはないとショウは言いたかったが、何も言えなかった。夕方の風が冷たく子どもたちの服の裾《すそ》を揺らした。


ショウとハルは、その日とぼとぼと宿に帰った。ザーウィンが連れて行ったのは、彼の工房で親が働いている三人の女の子だけだ。残りの子どもたちはちゃんと残ってくれた。

たった一人でも、薬草採取をしてくれる子どもがいたらいいという、最初の目標はとっくに実現している。でも、この虚《むな》しさは何だろう。

北の町では感じなかった貧富の差、大人の身勝手さ。そんなことは、日本で生きていた時でも身近にはなかったことだ。今は子どもである自分たちが、誰かの雇い方に文句をつけるわけにもいかない。薬草採取をしながらお小遣いを稼ぐというやり方さえ許されないのなら、どうしようもない。

夕食の後、ショウとハルは正直に導師にその無力感を告白した。

「大人が介入《かいにゅう》してきたか。なんということか」

導師が眉をひそめた。

「その三人の女の子たちが希望するのであれば、薬師の見習いになるというのはどうだろう。今まではポーションを作る量がそれほど多くなかったから、少ない見習いでも大丈夫だったが、これからは見習いも増やしたいって言ってたぞ」

エドガーが一つの解決策を提案してくれた。

「見習いでも手当はもらえるんだよね」

「もちろんだよ。薬草採取も、薬師にとっては微々《びび》たるお金だが、ちゃんと買い取って精算してたよ。そこらへんはここの薬師ギルドもちゃんとしてる」

エドガーも、ショウたちが来たことをきっかけに思い切って薬師ギルドに溶け込もうと努力した結果、今では普通に働いている。

「教会での治癒についても、少しずつだが成果が出始めている。町に来たついでいいから大人も試しの儀を受け直すようにと事前に触れを回してくれたおかげで、主に麦を作っている人たちが町に来たついでに教会に寄ってくれるようになってな」

「町の人はどうなんですか」

導師はかすかに微笑むと、首を横に振った。

「怪我をしたら教会に行けばいいと思っているのだろうな。そのうえ、街中ではめったに怪我などしない。スライムの被害も実感がないのだよ。だから町の人はほとんど来ないな」

最近あきらめの境地に達している導師のほほえみは菩薩《ぼさつ》のようだった。ここにファルコがいたら、ぎょっとして、

「導師！　いったいどうしたんだ！　具合が悪いのか！」

と叫ぶレベルで悟《さと》りきっている。

「もっとも、治癒師たちについては、だいぶ効率のいい魔力の使い方が身についてきたところだ。今まで三人しか癒せなかったのに、五人癒せるようになるというレベルだが」

ショウは思わず導師に突っ込んだ。

「五人？　少な、いえ、何でもありません。ほぼ二倍じゃないですかー」

「そうだろう。ハハハ」

「フフフ」

食堂に乾いた笑いが響く。

アンファにいた時と同じくらい成果は上がっていると思う。特に、薬師が、自分で薬草を採取し

てポーションを作るという仕組みが動き出したのは大きい。治癒師の力も、それがほんのわずかなものでも、人数が多いので馬鹿にならないのだ。

それでも深森一行にはあまり充実感がなかった。あまりにも違いすぎる町のあり方、そして影響の少なさ。頼まれて来たはずなのに、砂に水を注いでいるような徒労感。

「それにしても、子どもが小遣いももらわずに働いているというのは気になるな。これは私が確認してみよう。ショウ、ハル、二人はいつものようにやってくれ」

「あと、もしその子たちに会ったら、今からでも薬師見習いにならないかって言ってみてくれ」

導師とエドガーの言葉に、二人は頷いた。問題を大人に預けて、ほんの少しだけ心が軽くなった。


次の日、ショウとハルが草原でリクと子どもたちを待っていると、いつも来る男の子たちがリクより先にやってきた。

「あれ、リクはどうしたの？」

「今日は来られないかもって、伝言預かってきた。今日は君たちに見てもらえって」

リクが来ないのは珍しい。それに、女の子たちもいない。

「いいけど……、いつも来てる女の子たちはやっぱり？」

「うん。学校が終わったら、すぐ帰っちゃった」

「そっか。仕方ないね……。そういえばさ」

ショウは子どもたちに、薬師が見習いを募集していることを伝えた。

「ああ、俺たちは今の仕事が気に入ってるから、それはいいや」

すぐに断られた。午前中のお手伝いの時に、少ないけど小遣いはもらっているのだという。ただ、やっぱり親が貧しいから、稼げるなら余分なお金は欲しいのだと。

「ほら、俺たちもあの女の子たちも、他の町から流れてきた家だからさ」

「他の町から移動するって、狩人だと当たり前のことだけど」

「そうなのか？」

「うん。どういう狩りをしたいかで、あっちこっち移動するのが当たり前だもん」

少年たちは驚いたようだった。むしろ自分が驚いたよとショウは思う。

「ここらでは流れ者にはいい仕事はないからなあ。まあ、俺たちはここに根付いて、成人したらちゃんと稼ぐんだよ」

「そうなんだ」

ここらあたりも深森と違いすぎて難しい。

少年たちにはもう教えることなどほとんどないので、並んで薬草を採る。これはこれで楽しいのだが、なぜそれを深森でなくて、平原でやらなければいけないのかと思うと、やっぱり虚しい。

しかし、その日、少しだけだが事態は動いた。

「え？　もう少し様子を見てほしいって言われた？」

「そう。導師に」

その日の夕方、サイラスとリクが宿に訪ねてきたのだ。

大人は大人で話があるようで、一緒に夕食を食べた後、ショウとハルの宿の部屋に、リクが一人でやってきた。

「セイン様には、昨日の出来事は伝えてあるから、大人のほうから何か働きかけてくれたのかと思ってたんだけど。様子を見てほしいって言ったの、本当にセイン様なの？」

「そうだよ」

リクは頷いた。

ショウはハルと目を見合わせて、後で導師に聞いてみようと合図しあった。

「ガーシュの父さんって、つまり町長なんだよ」

リクが口を片方だけ上げて半笑いになった。

「けど、町長って別に世襲制じゃない。それでも、ガーシュは自分も子どもたちのリーダーみたいなつもりだったんだろうな。俺はそういうの面倒くさいから、特に関わろうとは思わなかったけど。子どもっぽいし」

ガーシュが町長の息子というのは、想像通りで笑えそうなほどだった。でも、ハルはショウとは別のとらえ方をしていたようだ。

「だから、町の子どもたちを守ろうとしてたの？」

ショウは驚いてハルのほうを見た。

「守ろうとしてた？」

「うん」

ハルは素直にこくりと首を縦に振った。

「え？　ただのお坊ちゃまじゃなくて？」

「うん」

今度は苦笑している。

「あのね、やってることは子どもっぽいわがままだし、リクへの対抗心もあるのかとは思うんだけどね。でも、その根っこに、よそ者に町の子どもをいじめさせないぞ、っていう気持ちがあるような気がするんだ」

「全然しなかった」

ショウの返事に、ハルは今度は声を出して笑った。

「だって、スライムは危険だし、昨日の大人の話じゃないけど、子どもを働かせようとしてるわけでしょ。お金に困ったことのない彼は、あの子たちを遊ばせてやりたかったんじゃないのかな」

そうは言うが、昨日のことを思い返してみると、親が貧乏なのが悪いとか、子どもは無給で働かせてもいいとか言っていたような気がする。

「ショウの考えてることはわかるよ。でも、それ売り言葉に買い言葉だったのかも」

仕方がないよねと笑うハルはまるで大人みたいだった。

「ハルの言う通りかもしれないんだ」

リクがちょっとしょんぼりしている。

「もともとあいつは俺を自分のグループに入れようとしてて、でも俺はそれは嫌で、そしたら農場の子どもなのにすかしてるとかなんとか言いがかりをつけてきて、面倒なやつだったんだよ。何かと対抗してくるし。まあ、たいてい俺が難なく勝つから、あいつの勝てるところと言えば町に住んでることと、あいつの取り巻きが多いってことくらいでさ」

元が大人なら、群れるのが嫌いなのも仕方がないとショウは思う。

「でも、そういう関係だからさ。昨日、あいつが思ってもいないことを言わせちゃったのかなとも思うんだ」

「ガーシュが言ってたことは本気じゃなかったってこと？」

「ちょっと違うかな」

リクはどう説明しようか少し悩んでいるようだった。

「あいつ、親が貧しいとか、服を繕ってるとか、おやつも食べられないとか、まして子どもがただ働きさせられてるとかなんて、一度も考えたこと、なかったんじゃないのかな」

「昨日聞いたことが、全部初めてのことだったたってこと？」

「うん。それなのに、俺が怒ってつっかかったから、反論しやすいところから反論しただけ、のような気がするんだ」

ショウはリクとハルが、ガーシュのことをそんなにもちゃんと考えていることに驚いた。

「いや、俺も学校に行って、ガーシュの様子を見て初めてそうかもしれないって思ったんだ」

「そうなの？」

「俺の予想では、昨日の出来事は、ガーシュの中ではあいつの勝ちだ。絶対勝ち誇ってくると思ってたんだけど」

そんな様子はなかったのだという。

「むしろ、いつになくまじめな顔をしてて」

いつもはどんな顔なんだよとショウは突っ込むところだった。

「午後の勉強が終わったら、いつも遊ぶ子たちとは別れて、あの三人の女の子たちと一緒に帰ったんだ」

「「ええ？」」

これにはショウだけでなくハルも驚いた。

「どうしたんだと思ったら、俺、導師に呼ばれてさ」

ここでやっと導師が出てきた。

「ガーシュがしばらく、あの子たちと同じ場所で見習いをすることになったから、俺も一緒に行けって」

「「はあ？」」

今日リクが来なかったのはこういうわけだった。

とんとんとドアを叩く音がして、三人ははっとした。

「私だ」

「セイン様だ」

ショウはちゃんと声を確かめてからドアを開いた。隣にサイラスもいる。

「リク、俺も来たぞ。そして残念だが、もう家に帰る時間だ」

「ちぇ。こういう時、確かに町に家があったら便利だと思うよ。俺、農場の子だしな」

リクは苦笑しながらサイラスと帰っていった。

導師は部屋を見渡して、椅子に目を留めるとそこにどっかりと座り込んだ。

「リクに聞いたか」

「ええと。少し様子を見ようと言われたところまでです。あと、リクがガーシュと一緒に昨日の話の女の子たちと同じ職場で働くって」

「うむ。働いてみた様子は聞いてみたか」

「そこまでは」

聞こうと思ったところで帰る時間になったのだ。

「ふむ。昨日、ショウとハルから、大人の問題を聞いてな。治癒師の問題というわけではないので、町長に直接話を聞きに行こうと思ったのだ」

やはり導師は動いてくれていた。

「だが、私が動く前に町長から会いに来た。息子が幼いながらも、何かを考え、動こうとしているようだとな」

「ガーシュのことですか」

「そうだ」

それはさっきリクが言っていたことと矛盾《むじゅん》しない。

「でも、それって、自分の子どもが大切だから、問題を先送りしようということじゃないんですか。町長ならなおさら」

「ふむ。そうとも言えるな」

導師は手を伸ばすと、ちょっと膨《ふく》れているショウの肩をポンと叩いた。

「どうやら、町長は、町のいくつかの職場が、他の町から来た人を安く雇っていることは知っていたらしい。だが、子どもまで小遣いなしで作業させていたというのは知らなかったらしいぞ。昨日の話をしたら驚いていたからな」

「知らなかったんだ」

ショウはやっぱり怒りを隠せなかった。

「まあ、私たちの北の町には町長はいない。ガイウスがしぶしぶ代表の仕事をしているだけで、こちらでもその仕組みはそう変わるものではないんだろうな。町長だからといって、権限が大きいわけではなく、働き方にあれこれと口を出すことはできないそうだ。年少の手伝いに小遣いを出すことも、決まりではなく慣習だから、もしそれをしていなくても罪に問うことはできないと言っていたぞ」

「そんな」

「いやだったら子どもであっても断ればいいから、だそうだ」

ショウはうつむいた。でも、それで親が仕事を辞めさせられるかもしれないと思ったら、断れないではないか。

「ショウの考える通りだ。町長は、息子が突然、他の職場で見習いをしてみたいと言った時、いったいどうしたんだろうと思ったそうだ。ガーシュは、『おんなじ子どもなのに、知らないことがたくさんあるから』と言ったそうだぞ」

ショウはハルのほうを見た。ハルはゆっくりと頷いた。

ハルやリクの言う通り、ガーシュはとりあえず反論してみたけど、ゆっくり考えたら、自分が何にも知らないことに気づいた、だから行動してみようと思ったらしい。

「素直に、みんなを引き連れて薬草採取に来ればいいだけのことなのに」

「そうだな。せっかく子どものリーダーなんだから、そうしたら早かっただろうな」

導師は微笑んだ。ショウの言う通りなのだ。

「町長はガーシュに許可を出し、ザーウィンにも息子をしばらく働かせてくれとすぐに頼んだらしい。そして、息子がそうなった原因は、深森一行だろうと見当をつけて、私のところに話を聞きに来たということだな」

さすが、町の代表、そういうところは判断が早い。

「今の治癒の状況、薬師がやるべきこと、町にやってほしいこと、子どもたちに薬草採取の協力をしてほしいが、親も子も他人事であることなど、ガーシュのことは後回しにして、今気になっている話は全部してきた。もちろん、昨日の話もな。町長として一番かかわりが大きい問題がそれだと思ったからな」

「ありがとうございます」

ショウはほんの少し安心した。

「なあ、ショウ、ハル。カナンに来てから本当に歩みが遅い。正直に言って苛立つことも多い。だが、私たちはやがてここから去っていく。去った後のことまでは、責任は持てないんだ」

「わかります。ハルの時と違って、一人を連れて帰ればいいということでもないし」

ショウがハルを見ると、ハルはにこりとし、導師に確認した。

「時間がかかっても、この町の人で解決するべき問題もあるということですよね」

「その通りだ。私も自信はないが」

導師はふっとまじめな顔を崩した。

「よい知らせもある。サイラスがここしばらく町の外のほうを中心に回ってくれていてな、普段町に来ない人たちに、試しの儀をするよう勧《すす》めてくれているそうだ。もちろん、スライム狩りや薬草採取についてもな」

「ほんとなら嬉しいな」

ショウは少しだけほっとしたが、同時に、サイラスが回らなければ町の外の人たちには伝わらなかったのかとがっかりもした。

「リクもカナンの子だ。しばらくガーシュと行動することで、見えてくることもあるだろうと思う」

「わかりました。明日からはハルと二人で頑張ります」

「頼むな。ああ、今日は私もこちらで眠りたい」

「導師ったら、エドガーがびっくりしますよ」

ショウとハルはくすくす笑いながら、導師を部屋から送り出したのだった。

明日から何かが変わるかもしれないという希望で、今まで感じていた徒労感が消えてしまったかのようだった。

「なんだよ、あいつ」

子どもたちが職場に来ないという大人たちについていった帰り道、ガーシュはぶつぶつとつぶやいていた。

薬草を採らされている子たちを、何人か取り戻すことができたのに、なぜか悪いことをしてしまったような気がするのだ。リクが本気で怒ったのを初めて見たからかもしれない。

確かに、あの女の子たちは今までのように働きに行った。でも、自分はと言えばこうして遊んでいる。そう思うと、遊んでいることがなぜか悪いことのような気がしてくる。なぜだろう。今まで気にしたこともなかったのに。

カナンは大きい町だから、親について引っ越してくる子どもは少なくない。たいていの子どもは大きな町に来られたことに喜んで、すぐに町に溶け込んでいく。でも、リクは違った。

一〇歳でリクがこの町に来た時、自分には学びは必要ないと思っていることはすぐわかった。町を見る目も冷めていた。ずいぶんな田舎から来たらしいという噂《うわさ》だったが、たいていのやつらは大きな町に来たと言って楽しそうにしているのに、まるでたいしたことないと言わんばかりだった。

ガーシュは面倒を見てやろうと思ったが、さりげなく距離を取られる。

なんとなく気に食わない存在になっていった。

それが、同郷だという深森の子どもを連れてきて、カナンの子どもたちに危険なスライム狩りをやらせようとする。薬草採取なんて大人に任せればいいのに、それもやらせようとする。

結局、カナンの町のことなんて、あいつにとってはどうでもいいことなんだとガーシュは腹を立てていた。

「ガーシュ、リクは悪いやつじゃないぜ」

「わかってる。けど」

本当は、子どもだって大人の役に立てるんだという考えに、ガーシュだってわくわくしている。でも、何となくわだかまりがあって、むしろ邪魔してしまう自分が嫌でもあった。

「なあ、ガーシュ。俺も別に自分の家が貧しいとか思ったことないけど、仲のいいやつの親が流れ者だからさ。そいつがおやつとか食べられていないのは知ってるんだ」

ガーシュは驚いて隣の子を見た。学校が終わった後、時には一緒に菓子を買いに行って、おやつを食べたりする仲なのに、そんなことを考えているなんて思いもしなかった。

「だから、そいつの前では絶対におやつは食べないことにしてる」

さっき薬草採取をしていた子どもたちは、ガーシュが普段、あまりかかわらない子たちだ。特に女子はそうだ。

「その、着てるものとか、あいつが何か言ってたけど」

「ガーシュは気がついてなかったか。あいつらの着てる服、いいものじゃないだろ。まあ、そういうことで差別しないお前はいいと思うよ、俺は。リク以外には農場の子って言ったりしないしな」

少なくとも、情けない自分でも、そうやって認めてくれる友だちがいることにほっとした。

「俺はお前が町長の子だからって別にどうでもいいけど、そうじゃないやつもいる。お前の顔色をうかがって、リクを手伝えない子は多いと思うぜ」

「そんなことは」

「ないって言えるのかよ。俺も今日まで何もしてなかったから、言う権利はないけどな。何となくついてきただけだけど、今日の大人たちには腹が立ったし、自分が情けなかった。明日からは、薬草採る手伝いってのに行ってみるよ」

自分はどうするべきだろうか。リクにごめんと謝って、薬草採取の手伝いをすればいいのか。それとも、町の他の子たちのことをもっと知ったほうがいいのだろうか。

ガーシュは生まれて初めて、自分のすべきことを真剣に考え始めたのだった。

第三章　飛び込まなければわからない

次の日、いつものように出かけようとしたら、珍しくハルから提案があった。

「今日から私たち、学校に行かない？」

「学校に？　でも、ハルは学院卒業してるし、私ももうとっくに学び終わってるけど」

「それでも、深森《ふかもり》でも教会の学校に行って、小さい子に教える係だったじゃない。こっちでもう一度学び直してもいいし、小さい子に教えてもいいし。授業の様子を見るだけでも面白そうだと思うの」

「確かに面白そう」

もともと、薬師に教えた後は、子どもたちが来るまで二人で薬草採取をして時間を過ごしていただけなのだ。授業の様子を見るために、学校に行ってみてもいいのではないか。

そう思うと、今から昼過ぎが楽しみでたまらない。

にこやかにおしゃべりしながら麦畑を通り抜けていったが、いつもの場所を見て思わず二人は立ち止まった。

「人がたくさんいるよ」

「大人の人もいる」

今まで見たことのない人たちががやがやと集まっていた。そのうちの一人が二人に気づくと、

「おーい！」

と手を振った。一斉に注目が集まる中、ドキドキしながらそちらに向かうと、話しかけてきたのはサイラスと同じくらいの壮年の男性だった。

「サイラスから聞いてきたんだ。子どもにあれこれ教えてるって聞いたんだけど、大人にも教えてもらえるかなあ。俺の農場、町からけっこう離れたところにあって、スライムが多いんだよ」

「もちろんです。あの」

ショウは話しかけてきた男の人の顔が気になった。

顔の左側に点々とやけどのような痕がついているのだ。

「それ、もしかしてスライムに？」

「ああ。いつまでもいなくならないんで、見つけたら遠くから叩き潰《つぶ》してるんだが、やっぱりたまには酸が飛んでくるんだよ。ガハハ」

ガハハじゃないよとショウはあきれたが、逃げてばかりで何もしない人たちに比べたら実に頼もしい。

「鋤《すき》や何かで叩くと、だいたいは安全に倒せるんだが、それでいいのかね」

「いいんですけど、もう少し工夫したらもっと安全ですし、魔石もきれいなものが取れますよ。そ

れにちょっと手を出してもらっていいですか？　私、治癒師なので」

「この傷かい？　もうけっこうたっているからな」

導師は、ショウのコピーの治療法も教える予定だと言っていた。最初の頃こそ慎重に使っていたが、魔物が増えている昨今、技術を広げることのほうが大事だと判断したのだろう。

ショウはその人の両手を軽く握ると、魂《たましい》の輝きを見た。

足首、腰の光が少し弱い。そして顔の痕は完全に輝きが消えている。

一生懸命働いた人の体だ。ショウは気合を入れて治癒を始めた。足元から順番に、古い傷は反転させながら。

「はあ、治癒は久しぶりに受けたけど、あったかいなあ」

「今薬師がポーションをたくさん作る態勢に入ってます。あまり町に来ないようなら、家族分、でなければせめて一個はポーションを持って帰ってください。スライムの酸にもちゃんとききますから」

「そんな状況になってたか。たまには町にも来ないとなあ」

ショウはその壮年の人ににこりと頷いた。顔の傷痕も治っている。

「ショウ、人数が多いから、二手に分かれよう」

「そうしようか」

ショウはハルの提案に頷き、心が温かくなった。少し人見知りで引っ込み思案なハルだが、いざという時はこうして頼りになる。元気になってよかったと、今でも思うのだ。

「もう皆さん、感覚的にはわかっていると思いますが、スライムは二回酸を吐いたら、しばらく酸を吐きません。その後でつぶしたり切り裂いたりしたほうが、怪我がなくきれいな魔石が取れます。こういう棒と小さいナイフがあれば、子どもでも女性でも大丈夫です」

自分のうちの周辺を守ろうとしている人たちだ。聞き方にも気合が入っている。ショウが簡単に安全にスライムを倒して見せると、顔が明るくなった。

「それに、これ売れますからね？　一つ五〇〇ギルはどこでも同じです。ここら辺では、薬師ギルドが買い取ってくれると思いますよ。売れば、台所の魔石コンロや暖房に使われて役に立ちます。遠慮せず売ってくださいね！」

おおとか、そうなんだなという声が耳に入り、ショウは楽しくなってきた。

「ショウー」

少し離れたところから、ハルが呼んでいる声がする。

「なあにー」

返事をすると、意外な言葉が返ってきた。

「スライム狩りを一通り教えたら、トカゲ狩りと薬草採取と二手に分かれようかー」

「わかったー」

町の外から来ている人には、トカゲ狩りが大好評だった。狩るトカゲが見当たらなくなるほどだった。

「料理教室もしてほしいところだけれど」

旦那《だんな》さんと二人で来たという、少し年を取った女の人が期待を込めた目でショウとハルを見た。

「野外の調理でいいならできますよ」

移動中のキャンプでは当たり前にやっていることだ。料理道具もちゃんとポーチに入っている。料理をする人たちなら、トカゲの下ごしらえだけ教えておけば、後は普通に肉として調理できるだろう。

昼になる頃、トカゲの皮をぴーっとはがすショウとハルは熱い視線にさらされ、ついでだからと町に昼ご飯の買い出しに行く人も現れ、いつもの集合場所は、にぎやかな昼食会場と化した。

「町にばかりいないで、うちの農場においでなさいな。もう少しトカゲの料理も知りたいし、このあたりの伝統的な料理も教えてあげられるよ」

「ほんとですか！　行きたいなあ」

ジーナが年を重ねたらこうなるだろうと思うような素敵な奥様からの誘いだ。ショウは行きたくてうずうずした。

向こう側ではハルが同じようなことを言われ、目がキラキラしている。

なんでこんなところで仕事をしているのかとか、うちの子になれとか、リクを養い子にしたサイラスがうらやましかったのだとか、それはもう、深森にいる時と同じような状況だった。

「おい、お前」

その時、驚いたような声がしてショウは慌てて振り向いた。でもショウにかけられた声ではなかった。

「頬《ほお》の傷、なくなってるぞ」

「あ？　まさか」

ショウが最初にスライムの酸の痕を治した人が、そう言われて顔を恐る恐る触ってみている。

「ピリピリするところがなくなってる。もしかして」

その人の目がショウを探し、ショウと目が合った。ショウは頷いた。

「私が治しました」

にぎやかなお昼の会場が、一瞬しんと静まった。ショウはコホンと咳払《せきばら》いし、思い切って大きな声を出した。

「深森は怪我をする人が多いから、治癒の技術が発達しているんです。古い怪我でも治る可能性があります。今、教会には深森の導師が来ています。古い怪我でも、ちょっと何かが気になるだけでもいいので、教会に行ってみるといいですよ」

その声が皆に染み渡ると、おずおずと女性が手を上げた。

「そんな、ちょっとした怪我くらいで教会を煩《わずら》わせて怒られないのかい」

「大丈夫です。ついでに試しの儀も受け直してきてくださいね」

ショウの自信ありげな返事に、

「そういえばサイラスがそんなことも言ってたな」

「午後から行ってみるかね」

とあちこちで声が上がった。

子どもに教える時は、怪我をさせるわけにはいかないから、丁寧に何回も教え、実践させ見守る。でも、大人は自分で判断できるので、一度教えればあとは本人次第だし、ショウとハルが責任を取る必要はないから楽だった。実際、薬師の人たちは一日で覚えていった。

「よその町の子どもに教える」ということに責任を感じ、かなりのストレスになっていたんだなということに、ショウはやっと気がついた。アンファでは滞在期間が短すぎてそんな責任を感じる暇がなかったのだということとも。

お昼を食べ終えた後は、あっさりと解散してしまった。それぞれ町に用事があるのだと言って。

「ショウ、本当にありがとうな」

怪我を治した男の人は、ショウの手をしっかり握ると心から礼を言って去っていった。

「ショウ、ぼうっとしている場合じゃないよ。今日は午後から学校に行こうって言ってたじゃない」

「そうだった。急に行っても入れてくれるかなあ」

「深森なら、急に行っても入れてくれるよ。ここはどうかなとは思うけれど、そこは元大人の図々しさで入れてもらおう」

「ハルったら」

ショウは思わず噴き出し、その楽しい気持ちのまま二人で教会まで走って戻った。


学校は教会にあるので、教室に入れなかったら導師と一緒に仕事をすればいいだけのことだ。そう自分に言い聞かせながらもドキドキしながら教会に行くと、なんということか、いきなりガーシュと出くわした。

「なんだ、君たち」

無視せずによそものに気がついて声をかけてくれる人って、実はそれほどいないかもしれない。ハルに言われて、ほんのちょっとだけガーシュを見直していたショウは、かけられた言葉をそんなふうに好意的に取ることができた。

「せっかくだから、学校の見学をしておきたいと思って」

「あ、ああ」

普段返事をしないほうのハルが返事をしたものだからガーシュは戸惑っているようだった。それでも、

「君たちは一三歳だと聞いた。来られるなら学校に来たほうがいい」

と、まともなことを言って教室になっている部屋に連れていってくれた。

ハルが得意そうにショウを見たので、ショウはちょっとイラっとしてハルに肘打《ひじう》ちしてしまった。

「学校はふざける場所じゃないぞ」

ガーシュにそう言われたのがなんだかおかしくて、くすくす笑いながら教室に入ると、リクを探す間もなくあっという間に女子に取り囲まれた。

「うわー、新しい子？」

「その服素敵ね。動きやすそうだし」

「どの町から来たの？」

とわいわいしている。ショウは驚いてハルと目を見合わせた。初日に、子どもたちとは顔合わせして、薬草採取の手伝いをお願いしたはずだから、ショウたちについては知っているはずなのに。

「えっと、深森から来たから」

「ああー」

「そんな噂流れてたね」

そんな意外なことを言われた教室を見渡してみたら、確かに初めて会う子のほうが多いような気がした。

「あら、しばらく見ないと思ってたら、どこにいたの？」

後ろから声がしたと思ったら、デリラだった。

「どこにって、最初に会った時話しただろ。俺たちは、薬草採取とスライム狩りをずっと町の外で教えてたんだぞ」

　思いもかけないことを言われて答えられないショウの代わりに、リクが教室の向こう側から返事をした。

「リクには聞いてないんだけど。でも、そういえばそんなこと言ってたわね。どう、何人かは来た？」

　ニコニコと笑う悪意のないデリラに、ショウは力が抜けそうだった。ハルは何となくわかっていたのか、苦笑しているだけである。でも、ショウの代わりに答えてくれた。

「女の子は三人だけ。それも、見習いの仕事があるからって、大人に連れていかれちゃったから、男の子が数人やってくれてるだけなの」

「まあ。せっかく深森から来たのにね」

　同情的なのはありがたい。それでも完全に他人事でもあった。

「でも、正直なところ、私は草むらに踏み込むのがそもそも嫌だし、お金は大人になってから稼ぐので十分だと思ってるから、自分からやりたいとは思わないのよ。ショウ、それにハル、だった？」

「そう。デリラよね」

「そうよ」

　お互い名前を憶《おぼ》えていたことにほっとした。それにしても、やりたいとは思わないと、こうまではっきり言われると少々へこむ。

「ショウとハルが頼むなら、つまり友だちに頼まれたなら、何回かやってもいいけど、ずっとやるっていうのはちょっと厳しいわ」

「それが町のためであってもか？」

リクがガタンと立ち上がってデリラを問いただした。けっこう怒っているようだ。

「待って待って。そんなに熱くならないでよ」

デリラが苦笑しながらリクをなだめているところに、若い治癒師がやってきた。先生役のようだ。

「あれ、君たち。深森の小さい治癒師さんたちだね。今日はどうしたの？」

「はい。平原《へいげん》の学校に行ってみたいなと思って」

ショウの言葉に教室はざわついた。

「かわいそうに……」

という声も聞こえた。ショウははっとした。今のセリフ、まるで普段学校に行ってないみたいに聞こえた？

「ハハハ。みんな誤解したかもしれないね。僕がちゃんと紹介しよう」

焦るショウを先生が手招いた。

「こっちがショウ、だね？」

「はい」

一応確認された。

「ショウは、まだ年少だが、優秀な治癒師で、導師の助手としてあちこちついて回っている。学校の勉強は」

若い治癒師はもう一度ショウのほうを確認するように見た。

「終わっています。深森では小さい子を教えていました」

「だそうだ。優秀な剣士見習いで、狩人でもあるそうだ」

剣士という紹介のほうに大きなどよめきが上がった。次にハルが前に招かれた。

「君がハル」

「はい」

「彼女は、湖沼《こしょう》の学院を飛び級で卒業してる、本物の魔術師なんだ」

先生がものすごく自慢そうにハルのことをそう紹介した。どうやら、平原では見ない魔術師というものに、若い治癒師はとても興味があるらしい。

「後で魔法を見せてくれないか」

「いいですよ」

「よし！」

喜ぶ先生に、教室に笑いがあふれた。今まで町の外で、来ない子どもたちを待ち、切ない思いをしていたのは何だったんだろうと思うような一体感だった。

一通り笑いが収まると、デリラが手を上げ、立ち上がった。

「先生、ショウとハルが、薬草採取を子どもたちにしてほしいって言ってるんですけど、私たち、よくわからなくて。だって、町の様子は今までと何にも変わらないのに、どうして私たちが手伝わなくてはならないの？」

これを一番初めに聞かれていたらショウは怒ったと思う。というか、すでにガーシュに言われて一度怒っている。でも、こうやってみんなの間にいると、意地悪や何かではなく、本当に子どもたちはわかっていないんだということが伝わってきた。リクも唖然とした顔をしている。

「これは待ってても来ないわけだよ」

「ちょっとびっくりしたね」

ショウとハルはこそこそと言葉を交わした。その時、別の子が席を立った。

「ちょっと待てよ。わかんないってなんだよ。俺の家の周りとか、スライムが増えて、怪我をしてる人が何人もいるんだぞ。ポーションが足りないから、それを作る手伝いにわざわざ来てくれてるのに、その言い方はないだろ！」

それはいつも薬草採取に来てくれる男の子だ。家が貧しいのかと思っていたが、実は町はずれの農場の子だったらしい。

その喧嘩腰《けんかごし》の調子にも、デリラは負けずに答えた。

「だって、そんなこと知らなかったんだもの」

いや、説明したよねとショウは心の中で突っ込んだ。しかし、デリラはたいして聞いていなかったらしい。

「薬師の人がやるだけじゃ、だめなの？」

そうだよねえという声が教室に広がる。

「薬師の人がやってくれてるだけじゃ、全然足りないんだって。薬師ギルドに行っても、まだポーションは在庫切れが多いって父さんが言ってたんだ。それに、大人は忙しいだろ！　だから俺、一生懸命薬草を採る手伝いをしているのに、お前たちときたら！」

そんなに足りないの、足りないのかという声が今度は上がった。

ショウたちが何もしていないのに、話がどんどん進んでいく。

「でも、そうは言っても、いつまでにどのくらいやったらいいの？　ずっとやらなくちゃダメなの？」

「それに、お手伝いしてもいいけど、スライムは怖いし、草むらに入るのは嫌いなの。なにか別のお手伝いはないの？」

これはデリラが言っていたことと同じだ。何か別のことで手伝うという発想はなかったので、ショウはその意見に驚いた。

「さ、問題を整理しましょうよ」

デリラが立ち上がった。

「町の中の人は正直に言うと困っていないの」

ほら見ろという農場の子たちの冷たい視線を、デリラは気にせず続けた。

「でも、カナンの町の外の農場のほうは、スライムが多くて困っている。ポーションも足りない、ってことが大きい問題なのよね？」

デリラがショウとハルに目で確認したので、二人は頷いた。

「そんな困ってるって知らなかったんだ。俺、時々でいいなら手伝える」

「俺、スライムの倒し方知りたい」

「私も薬草採取ならやってみたい。お花摘みみたいなものでしょ」

かなりの数の子が手伝いに手を上げている。

「でも、それがずーっと続くのはちょっと嫌だな」

「薬草採取したくない人はどうしたらいいの？」

それでも、乗り気でない子もいる。

「農場を回って、ポーションを届ける係、とか、いてもいいんじゃないのか。馬なら乗れる子も多いだろ。馬車がいいなら、父さんに頼んで、使ってない馬車を出してもらってもいいし」

意外なことに、そう発言したのはガーシュだった。確かおうちが運送会社だったと昨日聞いたような気がした。

「実際ポーションはどのくらい足りないのかしらね。とりあえず一つの家に一つずつ配るとして、いくつ必要かしら」

その時、パンパンと手を叩く音が響いた。若い治癒師の先生だ。

「みんな積極的で僕は嬉しい。けど、薬草採取を子どもがやる時は、確か三人組くらいがいいんじゃなかったかな、ショウ、ハル」

「無理にではないけれど、そのほうが安全です。あと、スライムが怖いけれど薬草採取は大丈夫という子も、スライムを狩ってくれる子と一緒だと活動できるし」

スライムがいなければ手伝えると、明るい顔をした子も何人もいる。

「それなら、女子組のデリラだけでなく、男子組も代表を出してほしい。ガーシュ、今日はどうしたんだい。いつもなら真っ先に発言するのに」

薬草採取に来ている子どもたちがちらりとガーシュを見た。リクやショウの邪魔をしているのを見ていたからだろう。

「俺は今、自分がやるべきだと思う活動をしていて、そっちで忙しいです。だから、薬草採取の指揮はとれないんだ。リク」

「え、俺？」

リクが急に指名されて焦っている。

「俺の代わりに、リクが代表になって決めてくれ。俺についてくる必要はないよ。少なくとも、これだけ参加人数が増えたら、その、深森の女子が、その」

ガーシュがショウたちの名前を言いにくそうにしていて、教室のみんなは自分のことのようにハラハラしているようだ。だが、ガーシュはついに言った。

「ショウとハルだけだと、教えるのが大変だと思うから」

「ガーシュ、お前」

二日前に、威張っていたお坊ちゃまはどこかに消えてしまったかのようだった。

「わかった。ショウ、ハル、俺、導師に話してみるよ」

「うん。お願い」

リクはショウとハルに確認を取ると、立ち上がった。

「俺、あんまりこういうことしたことないけど、少なくともみんなよりは薬草採取に詳しいし、あと、農場の知り合いも多いから。デリラに頭を使ってもらって、俺は体を使って頑張るよ」

「あら、リクもちゃんと頭を使ってね」

デリラにからかうように言われて、リクはちょっと赤くなり、教室はまた笑いに包まれた。

その日、三人の女の子と一緒に見習いの仕事に向かうガーシュを、ショウは呼び止めた。

「なんだよ」

ガーシュは目を合わせずに返事だけした。いろいろ気まずいのだろう。

「あのね、ガーシュ」

ガーシュは驚いて思わず落としていた視線を上げた。ショウから名前を呼んだのは初めてだ。

「あの時、叩いて転ばせてごめんね」

いくら怒っていたからといって、手を出していいということにはならない。ショウはずっと自分の振る舞いを後悔していた。

「うん、いや、もういいんだ。俺も、言い方が悪かったと思う」

ガーシュが、まだ硬い表情のまま、それでもちゃんと返事をしてくれた。

「けど、剣士だったんだな。どうりで力が強いと思ったよ」

「まあ、鍛えてるからね」

ショウはふんと力こぶを作ってみせた。今だって毎日素振りはしているのだ。

隣でハルも力こぶを作ってみせている。力こぶはできていないけれど。

「ちょっとハル、かわいいんだけど」

「私だって鍛えてるから」

「ぷっ、ハハハ」

硬い表情だったガーシュが思わず噴き出した。

「自慢するとこが違うだろ、君は魔術師なのに」

「魔法もね、魔物と戦う時、一回で終わるわけじゃないの。だから、筋力と持久力は大切なの」

ふんと腕に力を入れるハルはかわいらしかったが、魔物と戦うという言葉が、ハル自身の体験から来ていることに気づいた人がいたかどうか。

「いろいろ落ち着いたらさ、魔法、見せてくれよ」

「うん」

ほんの少し、仲直りできたような気がする。それからガーシュは、急いで女の子たち三人の後を追った。

「さあ、スライム狩りに行こうぜー」

男子の声がし、

「準備不足だ。小さいナイフと、できればこのくらいの長さの棒を持って町はずれに集合だぞ」

と答えるリクの声がする。

「私たちは、今日は親の許可を取ることにする。明日から手伝うわ。外で遊ぶ格好じゃないし」

デリラたち女子組は慎重だ。薬草採取に行くのなら、そのくらい慎重なほうがいい。

外で遊ぶ格好と言われて、ハルがはっと何かに気づいたような顔をした。

「そういえば、深森の服を頼まれていたけど、いいかげんお店に卸《おろ》しに行かないとね。どのお店だったかな」

ハルはアウラに、カナンの町の服屋さんにいろいろ卸してきてくれと言われていたのだ。顔をしかめているのは、ザーウィンのお店だったら嫌だなと思っているからだろう。

「なんですって」

デリラの首がぐるりと動いた。

「怖いよ」

ショウは思わず一歩下がった。

「それどころじゃないでしょ、まったく。どこなの、その店は」

ハルはポーチを探ろうとして、はっとしている。衣類のポーチは宿に置いてあったことを思い出したようだ。ハルの初心者のポーチにはそんなたくさんの荷物は入りきらない。

「ええと、確かお店の名前は短かったの。ベラ、ベル……」

「うちじゃないの！　ベル商会よ！　最近安く服を売る店が出てきて、うちも大変なのよ。早く届けに来てちょうだい」

「でも、あくまでついでのお使いだから。まずやるべきことをやってからだから」

ハルは流されない。

「もう。じゃあ、こちらから宿に取りに行くわよ。その深森の短いチュニックとズボンなら、草むらに入っても大丈夫って言う子が出るかもしれないわよ」

そう言うデリラの笑顔はさわやかだった。ショウの頭にはすぐアウラが思い浮かんだ。いいこと、ショウ、と頭の中のアウラが顔の前で指を振る。女の子は、薬草を採る時だっておしゃれを忘れちゃいけないのよ、と。

「アウラ系だ」

「そうだね」

どこの町も女子はたくましいのかもしれない。

午前中は農場の大人にスライム狩りを教え、そして午後は久しぶりに学校に行って、放課後は学校の子どもたちと薬草採取と、忙しく過ごしたショウとハルは心地よい疲れに身を任せ、少し熱に浮かされたように導師とエドガーに今日の出来事を話して聞かせた。

「やっぱり、よそ者の話は聞いてくれないんだよな。中に入ろうとして初めて聞いてくれるというか。今回、俺もそれがよくわかった」

エドガーが話に相槌《あいづち》をうちながらも、そう自分の考えを話してくれた。

「来てやったのに、という気持ちでいると、結局は敵対してしまうんだ。俺は若い薬師として、これからも他の町に派遣されることもあると思うから、これをよく覚えておかないといけないと思った」

ショウとハルは毎日のことで精一杯なのに、エドガーは、カナンの町で仕事を終えた後のことまで考えていてすごいのである。導師も感心したようにエドガーを見た。

「エドガー、成長したな」

「なんですか導師。子どもじゃないんですから、そんな」

エドガーが照れ、そのまま楽しく食事が終わろうとしていた。

その時、宿のドアをバーンと勢いよくあけて入ってきたのはデリラだ。お父さんらしき人があきれた顔でついてきている。

「ハル！　ショウ！　さっそく来たわよ」

その勢いを、最初から薬草採取に生かしてほしかったとショウはげんなりした。でもとりあえず、担当はハルだ。しかし、ハルも少しげんなりしているようだった。というか、今日はいろいろありすぎて疲れたのだ。

「すまないねえ。深森から先に連絡は来ていたんだが、まあ、急ぐ話でもないかと思ってね」

デリラのお父さんが、苦笑しながら軽く頭を下げ、挨拶をしてくれた。

「一応、どんなものが来たのか、深森の人の解説付きで確認したいのよ。よかったら、部屋に上がらせてもらっていい？」

積極的である。導師に確認してから、ショウとハルは頷いた。

ポーチの中の衣類は、やはり女性もの中心で、そのほかに革細工などの小物もある。

「もともと、年に一度の取引はあるんだよ。お互いの町で流行している物や特産品の交換のような形でね。しかし今年のこれはまた、ずいぶんと流行が変わったようだね」

デリラのお父さんは顎《あご》に手を当ててうなった。

「基本的な型は変わっていないけれど、女子用のチュニックに丈の短いものがずいぶん増えたわ。それから今までとは刺繍《ししゅう》の感じが違う。色も、少し落ち着いた感じのものが増えてる」

デリラは詳細に流行を分析していく。ハルがそれに対して、一つ一つ説明を返していく。

「深森でも魔物が増えてるの。その分、子どもたちもやっぱり余分にスライムを狩ったり薬草を採ったりしているんだよ。だから、活動的な短い丈のチュニックが流行《はや》ってきたんだと思う。でも、ほら、ここにレースが付いていたりするでしょ」

デリラはハルの話を聞きながら、ちらりとハルとショウに目線をやった。この二人が短い丈のチュニックを着てあちこちで動き回っていたら、それは流行るだろうとその目が言っていた。

「それから、ハルが湖沼から引っ越してきた時、湖沼特有の色とデザインも入ってきたの」

ショウも一緒に説明していく。

「つまり、これが深森の今の流行ってことなのね。うーん」

持ってきた服は、それほど数が多くない。

アンファにも少し置いていきた。

「これをカナンで取り入れるには、もう少しチュニックの丈を長くして、むしろ短いワンピースとして扱うべきよね、お父さん」

「私もそう思うよ」

デリラのお父さんは優しく笑った。

「ハル、ショウ」

デリラはにやりとお嬢様らしからぬ笑い方をした。

「私ほんとはね、草むらに入るのも、スライムを倒すのもたぶん全然平気なの」

たぶん、というのはやったことがないからなのだろう。

「そんな気はしてたよ」

「やっぱりね」

アウラと同じ匂《にお》いがしたものとショウもハルも納得した。

「でも、町のおとなしい子はそんなことないの。手に砂が付くのだって嫌がるんだから。でも、そういう子たちって、たいていはいいところのお嬢さんだから、つまりね」

デリラのいたずらな様子に、二人は思わずごくりと唾《つば》をのんだ。

「つまり？」

「お得意さまってこと。薬草採取にはあまり期待しないでほしいけれど、新しいデザインの服を見せるためなら、外にも出てくるし、配達にも回るってわけ」

「デリラ、意外と腹黒い？」

「失礼ね。物事をよく考えているだけよ」

デリラは腹黒などという戯言《ざれごと》はふんと鼻息一つで払いのけた。

「そのためにも、急ぎで新しい服を縫ってくれる人がもっと必要なのよ。お父さん」

「ふむ。町長の息子が動いたということは、町長も口を出す気になったということだろう。いよいよ同業の我らも動かなくてはならないな」

デリラとお父さんは、てきぱきと片付けて、ポーチごと回収して帰っていった。

「嵐《あらし》みたいだったね」

「でも、いろいろいっぺんに動きそう。デリラのやろうとしていること、結局ショウが最初考えていた作戦に近いしね」

「ほんとだよ。助かるなあ」

いろいろな歯車が一度に回りだしたかのような一日だった。


次の日から、ショウとハル、それにリクはものすごく忙しくなった。数人ずつであっても、町の外の人が午前中から教えを乞《こ》いにやってくる。教えてもらった人が、近所の人に町に行けと声をかけるから、人は途切れない。お昼を食べたら教会の学校に行き、学校からそのまま子どもたちと薬草採取に行く。

スライム狩りには来ないけれど、馬車を出すのはガーシュの家なので、ガーシュが責任をもってポーションを届ける計画を立てているらしい。それは午前中にやっているとのことで、学校が終わると、女の子たちと見習いの仕事に行くのが続いているようだった。

そんな慌ただしい日々を過ごしていたら、休み明けの午後、いつも見習いの仕事に行くはずの女の子たちとガーシュが薬草採取にやってきた。

「終わったのか」

「ああ」

リクがガーシュにかけた言葉はそれだけで、ガーシュがした返事もそれだけだった。

でも、お互い反発しあっていた頃のわだかまりのある空気はどこにもなく、そこには同じ仕事に取り組む仲間意識が感じられた。それを見て、ショウはちょっとうらやましい気もした。

「殴りあって終わりかあ」

「殴りあってないよ。むしろ殴ったのショウだよね」

「そう言われたらそうなんだけどね、ハル」

鋭い突っ込みにショウは思わず噴き出した。

「いがみ合っていた二人が、こう、喧嘩をきっかけに仲直りするって、ロマンだなあと思って」

「それはそう。でもほらショウ、殴った相手がやってきたよ」

ハルがからかうように言った。ガーシュと女の子たちが明るい顔でショウとハルのほうへやってきたのだ。

「ショウ、俺、ほんとにいろいろなことが見えてなかった。君に転ばされた時も、怒りと恥ずかしさしか感じなくて。よく考えたら、そんなことを君にさせるほど、俺が怒らせてたんだよね」

「いやあ、単に私が短気だっただけで」

ショウは何となく照れてしまい、もじもじした。

「おかげで、学校の仲間のこと、前よりずっとわかった気がする。ごめんな。そしてありがとう」

「ガーシュ……」

ハルが隣でニコニコと頷いている。

「ショウ、ハル」

一緒についてきた女の子三人組もニコニコとショウとハルに声をかけてきた。

「ガーシュがずっと一緒に仕事をしてくれていたおかげで、見習いとしてお小遣いをもらうことができるようになったの。私たちだけでなく、ザーウィンさんのところで働いてた人たちみんなそう」

「でもね、ベルさんのところが急に忙しくなって、お裁縫できる人を募集するからって、今週からお父さん、そっちに移れるようになったの。もちろん、私たちも」

どうやらベルの商会で引き抜きをしたらしい。

「俺はお小遣いもくれない見習いがどういうものか知りたかっただけなんだ。けど、ザーウィン商会の衣料品が安いのは、新しく雇った人を安く使っているからだというのが、俺が入ったことでわかってさ」

さすがにそれで利益を上げるのは不公平だということで、衣料品を扱う商会から一斉に文句が出たらしい。

「こういうのって、決まりがあるわけじゃないんだって。だから、働く人の環境は、各商会によってけっこう違うんだ。でも、不当に安かったり、見習いに小遣いを出さなかったりするのは、やっぱりだめなんだ」

「でも私たち、そんなこと知らないから、お父さんが仕事を辞めさせられたら困ると思って、何も言えなかったの」

ザーウィンは、ガーシュだけに小遣いを出せば、ばれないと思っていたらしい。

「俺、お坊ちゃまだからさ」

ガーシュは恥ずかしそうに頭をかいた。違うとは言えないショウとハルは、あいまいに微笑んだ。

「お坊ちゃまだから、気まぐれで仕事に来たんだろうって。どうせ飽きるし、たいしたことはわからないだろうって、見くびられてたんだよ」

「でも、ちゃんと見ててくれたし、確かに仕事はできなかったけれど」

女の子たちはくすくす笑った。一三歳といえば、もう何年も技術を磨いている年でもある。初心者のガーシュは、やっぱりなかなかできなくて苦労したのだろう。

「仕事の合間に待遇の聞き込みをして、それをガーシュのお父さんに全部伝えてくれていたの。最終的に、町長とベルさんが親を説得してくれて、働く人からの告発という形で解決したのよ」

ベルさんのところで雇うからと保証したのだろう。

「で、私たち、午前中のお手伝いで、お小遣いがもらえそうだから、午後はこっちの手伝いに来たの。何しろ、経験者だもの」

そう言うと三人は軽やかに草原に向かった。

「ガーシュ！　来いよ！　俺がスライム狩りを教えてやるから！」

草原のほうから、ガーシュを呼ぶ声がする。

「ちぇ。後《おく》れをとってしまったな。それじゃ、行くよ」

「うん。しっかりね」

「ああ」

片手をすっと上げて、草原のほうに歩いていくガーシュは、確かにちょっと変わったのかもしれない。

「ここまでほぼひと月。けっこうかかったなあ」

「まだまだ終わりじゃないよ。さあ、私たちも行こう」

ショウもハルも、少しだけ夏の気配がする草原に歩き出した。


それからひと月、一軒に一つずつではあるが、ポーションはだいたい行き渡った。子どもたちが無理のない程度に農場を巡回して回る仕組みができたので、その時に農家から薬草を受け取り、必要ならポーションを渡すことができている。

「治癒師のほうは、ショウの治癒のやり方ができるようになったのは二人だけだ。どうも、そもそも大きな怪我を治したことがないからか、治癒の仕組みについての理解が頭でっかちでな」

魔物にやられるとしてもせいぜいスライムであって、強い魔物による怪我のない国というのはとても素晴らしい。しかし、実践が少なければ、力が上がらないのもまた事実なのである。

「ごく表面の傷痕なら、治せるようになったのが数人。そして、わずかながらも治癒の力が確認され、普段の体調管理に回せそうな人が数十人は見つかった」

これがこの二ヶ月の、導師の成果である。人数だけ見れば十分なような気がするが、カナンの町の規模から考えるともう少し、人数を増やしておきたいところだった。

「薬草採取は、薬師と子どもたちと、それから農場の人たちとで、何とか必要分は維持できるようになったと思います」

これがショウとハルとリクの成果だ。

「薬師ギルドは、今まで他の領からの輸入に頼っていた薬草が自分たちで採取できるようになって、かなり盛り上がってる感じだ。もう、俺たちがはっぱをかけなくてもちゃんとうまく動いていくと思う。最初はあんなに抵抗していたのにな」

苦笑しながら報告したのはエドガーだ。最初の苦労は何だったのかという顔だ。

「本当にエドガーには苦労をかけた。しかし、一番意外だったのは、ハルのあれだな」

「あれですね」

導師とショウは遠い目をし、エドガーはにやにやした。

「私だけじゃないです。ショウだってやったじゃない！」

「いや、私はあくまでお手伝いというかさ」

つまり、薬草採取が少し落ち着いた頃、魔法を見せてくれという子どもたちにせがまれて、つい調子に乗ってしまったショウとハルなのである。

「まあ、合わせ技とかやっちゃうよね。そもそもハルの炎《ほのお》の魔法がすごかったのが原因だけどね」

「ショウったら！」

ハルに怒られた。

もちろん、平原の子どもたちだって、もちろん大人もだが、基本の魔法は使える。魔力の強いものは、湖沼にだって留学に行く。でも、留学に行った人はたいていそのまま湖沼にとどまるので、平原の人たちは、基本以外の魔法を見たことがなく、魔術師というものは狩人以上に見たことがないのだ。

本来なら授業の時間なのに、社会勉強だと称し、誰よりもわくわくしている治癒師の若い先生に連れられて、町はずれの何もない草原まで魔法の実習に出ることになった。

講師として前に立たされたハルは、派手でわかりやすい魔法として、炎の大きな玉を作って、荒れ地の地面にぶつけてみせた。

「こんなでかい炎の玉なんて見たことない！」

「熱いわ！」

湧き上がる歓声の中、炎でくすぶる草地にさあっと水で雨を降らせてみせる。

「アンファの町の時、ハルがしたのは、大きな炎を作って魔物を集めること、炎の壁を作って魔物を遠ざけることだった。でも、本来はこんな大きな炎で倒さなきゃいけない魔物がいるってことなんだな」

　ショウの隣でリクが冷静にそう分析した。

「リクが見たのはハネオオトカゲまでだったもんね。アオハネトカゲはもっと大きいし、クロイワトカゲは大量にいて手ごわい。私は見たことないけど、アカバネザウルスと言うのがいて、それは家一軒分くらいの大きさがあるって言ってた」

「想像できない世界だ」

「でも、それがこの世界なんだよ、リク」

　静かに語り合うショウとリクだったが、一方で一番興奮しているのは若い先生だ。

「もしかして、もっと大きいのもできるのかい」

「できますけど、でも」

　と何か言いかけたハルは、必要がないことはしないほうがいいと続けようとしたに違いない。しかし、

「見たい！」

　と子どもたちまでが目を輝かせた。ハルは困ってショウのほうを見た。

「じゃあ、炎の壁、一度だけ。でも、危ないからみんな下がって」

　ショウの指示で皆が安全なところまで下がる。

「念のため、私が風で壁を作るから。さ、絶対前に出てきちゃだめだよ！」

ショウの言葉に子どもたちは固唾《かたず》をのんだ。

ショウとハルは並んで立つと、足を肩幅に開き、少し腰を落とす。

「炎よ！」

「風よ！」

ハルの声に一拍遅れてショウの声が飛ぶ。

ハルの炎は広く横に広がり、それをショウの風が高く舞い上げる。ほんの数秒続いただけのそれは、子どもたちからも、治癒師の先生からも言葉を奪った。

その間にショウとハルは手分けをして、水をまいて炎の後始末をしていく。

「すげえ」

誰かの一言で、わーっと子どもたちはハルとショウに群がった。

「うわっ、まだ熱いから、危ないよ！」

そこからである。薬草採取に加えて、魔法熱が盛り上がったのは。

「今年からはいつもより湖沼に留学に行く子どもが増えるかもしれないと言っていたな」

「ま、ショウが剣を振って見せたから、深森に行きたいと言う子どもも何人か出たらしいぞ」

導師とエドガーが頭の痛いことを言う。

留学したいということは、親元から離れるということでもある。ショウもハルも、そんな責任を負いたくはないのだった。

「まあ、旅人は思いもかけない影響を残すもの。スライムの害程度なら、この町で何とかなるだけの態勢はできてきた。ファルコとレオンも戻ってこないようだし、そろそろ深森に戻るか。今からなら、星迎えの祭りに間に合うかもしれないな」

「ほんとですか！」

充実した日々だったが、さすがにそろそろ故郷が恋しかった。まだ子どものショウとハルには、やっぱり指導者でい続けるのはつらいものがあった。

「北の町に」

「帰ろうか」

言葉にすると、今すぐにでも帰りたくなる。

しかし、魔物の増加は平原だけではない。

そう簡単に帰れるわけがなかったのだ。

第四章　いつもと違う夏の狩り

「いいかげんにしゃっきりしろよ」

御者席の隣で、手伝うわけでもなく話すでもなくただぼんやりしているファルコに、レオンはあきれたように声をかけてきた。

「ショウとハルがいなくて、レオンは何ともないのかよ」

「俺はまあな。ハルとは信頼関係を築いてるから。離れていても大丈夫だ」

ファルコは胡散臭《うさんくさ》そうな顔で隣のレオンをちらりと見た。

「仲良くしたくても距離を詰められないヘタレのくせに」

「ファルコにだけは言われたくない」

不毛な争いである。ついこの間まで、馬車にはショウとハルの明るい声があふれていたのに、今はレオンと自分だけ。そう思うと、なんだか力が入らないファルコだった。

「導師のこと忘れてるぞー」

「導師はまあ、あれだから」

父親が身近にいなかったファルコに、社会とはどういうものか叩きこんだのは導師である。気ままなライラと旅をしていると、常識には疎《うと》くなる。昔は頭が上がらず煙《けむ》たいだけだったが、今はショウをめでる同志として何となく同じ立場になったので、導師はいてもいなくてもいいという感じだ。

「あーあ、導師、その程度の扱いか。かわいそうに」

「いいんだ。導師だってショウとハルがそばにいれば、俺がいてもいなくてもどうでもいいんだから」

「確かになあ」

導師は、近寄りがたい雰囲気《ふんいき》があるから誤解されがちだが、とても子ども好きだ。癒しの適性があるからというのもあるが、子どもたちの基礎教育を担《にな》うのが教会だからという理由で治癒師になったのではないかとファルコはひそかに思っている。

「子どもがあんなにかわいいものだとは思ってもみなかったよな。ショウを拾ってよかった」

「お前、ショウをどんぐりか何かみたいに言うなよ」

ショウがいないと思うと元気が出ないが、ショウのかわいらしさを思い出すと元気が出る。

「よし、じゃあ順番にショウのかわいいところを挙げていかないか」

「却下。恥ずかしいやつだな。俺はショウに冷たい目で見られるようなことはしたくねえよ」

「ちぇ」

ファルコはまたつまらなそうに草原を見た。

「なんで俺、岩洞《がんどう》に行くなんて言っちゃったんだろ」

「そりゃあファルコ、そっちのほうがかっこいいからだろ」

「だよなあ。かっこよさでなくて、実利を取るべきだったか」

「実利？」

「子どものそばにいて見守るという実利」

「でもなあ」

ファルコもレオンもわかっている。

正直、岩洞や平原《へいげん》が、魔物で困ってもたいして気になったりはしない。

だが、岩洞で問題が深刻になり、そのせいで狩りの手助けに行く北の町の狩人たちが怪我をしたりするのは嫌なのだ。

もちろん、そうなったらショウが悲しむというのも理由ではある。

それはレオンも同じように感じているようだ。

「今まではさ、自分のしたいことをして自由にやってきたのに、最近はハルにかっこいいと思われることをしたいと思うんだよな。それって全然自由じゃないんだが、でも嫌じゃなくてさ」

「そうだな。ショウがいなくても、ショウがいたらどう思うかって、そう考えて生きているような気がする」

それが楽しいのだが、現に今、ショウはいない。ファルコはまたぐったりと座席にもたれかかった。

「また最初に戻ってるぞファルコ。やれやれ。もう少し急ぐか」

無理はさせられないが、馬にはもう少し頑張ってもらおうと思ったのか、レオンは馬車をほんの少し急がせた。


深森《ふかもり》に帰るにしろ、岩洞に向かうにしろ、いずれにしろアンファの町には寄らなければならない。

「おや、あの小さい治癒師さんたちはどうしたんだい？」

宿の親父に不思議そうにされたが、レオンが何でもないことのように答えた。

「ショウとハルは、もともとカナンの仕事の手伝いで来たからな。俺たちは護衛でついてきたんだが、カナンでの仕事にしばらく時間がかかりそうだから、岩洞で狩りの仕事をしてくるつもりだ」

「確かに平原じゃあ、あんたらの仕事はなさそうだからなあ。けど、お嬢ちゃんたちは心配だなあ」

「心配？」

平原には魔物の心配はない。もしこないだのような大発生があっても、ハネオオトカゲくらいならショウとハルで対処できる。

「ほら、アンファも平原では田舎だろ。田舎者が大きな町に行くと、馬鹿にされたりとか意地悪されたりとかいろいろあるだろ」

「そんなことは……」

レオンは虚《きょ》をつかれたように見えた。そんなことは考えてもみなかったのだろう。

「大丈夫だ。うちのショウは、そういうのに負けたりしないからな」

ファルコはレオンの代わりに自信満々に答えた。

「北の町にもあっという間になじんだだろ」

「そういえばそうだったなあ」

「そしてハルは、ショウがいれば大丈夫だろ」

「だな」

気楽な二人に宿の親父も肩をすくめた。

「それならいいいんだがな。いい子ほど我慢してしまうから気をつけてやれよ」

「ああ、ありがとう」

結局は、早く仕事を片付けてショウとハルのもとに戻るに限るのだ。

「急ぐか」

「それしかないな」

二人は、アンファを出ると急いで岩洞の国境の町に向かったのだった。

そうして旅をして、岩洞の国境の町に着いたのは、それでも二週間ほどかかっただろうか。

馬車ではなく、馬で急げば一週間で来られたかもしれないが、そこまで急ぐ理由もなかった。

しかし、国境の町はいつもとは違っていた。

「南から回り込んだせいか」

レオンが驚いて町を眺めている。

「いいや、違う。まるで真夏の狩りの時期のようなにぎわいじゃねえか」

「しかもショウと初めて一緒に来た時とおんなじだ。まるで人手が足りていないという雰囲気だな」

西のこの地方にも、もう春はとっくに来ていた。しかし、狩人でにぎわい始めるのは初夏からのはずだ。

「ガイウスが想定していた一番面倒なシナリオになったってことか。まさかまだ来ていないとは思うが、ファルコ、まず北の町の野営地に行ってみるか」

「慎重なガイウスが、北の町の守りを薄くしてまでここに狩人を派遣するとは思えないんだがな」

レオンの提案に、ファルコは首を傾げながらも頷き、野営地に向かった。

「来てたな」

野営地には小規模ながら、キャンプができていた。昼の時間なので、狩りに出ているのだろう。

キャンプには誰もいない。思わずつぶやいたファルコに、レオンが肩をすくめた。

「そうだな。じゃあ、宿じゃなくてこっちに来るか。おそらく宿はいっぱいだろうしな」

「どのみちショウはいないんだし、どっちでも同じだ」

「ファルコ」

馬鹿なことを言うなとレオンはファルコをからかおうとしたが、できなかったようだ。

「そうか、早起きのショウとハルが、布団《ふとん》をかけ直してくれたりすることは今回はないんだな」

「余計なことを思い出させるなよ、レオン。ああ、ショウ……」

レオンのせいで、いっそうやる気は落ちるのだった。

「まあ、それでも仕方がないよな。狩りの様子も気になるが、馬と馬車を預けて、とりあえず教会に行ってみるか。狩人が来てるってことは、北の町から治癒師も派遣されてるってことだろ」

「導師ならそのくらいの手は打ってあるだろうな」

先に立ち直ったレオンに、ファルコも気を取り直した。

町はいつものようなにぎわいで、いつもならそんなことを気にも留めないファルコなのだが、露店にあるアクセサリーなどにふらふらと引き寄せられてしまう。

「おい、それは後でだ。まず教会」

「ショウ……」

「だめだ、こりゃ」

レオンに苦笑されながらファルコは教会に引っ張っていかれた。

教会に入ると、昼の時間だというのに、黄帯をかけた若い治癒師たちがあちこち忙しそうに動いていた。

「レオン！　ファルコ」

大きな声が響くと、その中の一人が二人のほうに走り寄ってきた。

「よう、アルフィか。俺はてっきりリックあたりが派遣されてるかと思ってたが」

「当たりだよ、レオン。今回、事前に派遣されたのは俺とリック。ほら」

アルフィが指さしたほうに目をやると、リックが真剣な顔で他の治癒師と話をしている。

「まあ、リックとアルフィなら、このノールダムの町も文句はないだろうよ」

レオンが納得したように頷くと、アルフィは嬉しそうににっこりと笑った。

「物資の支援担当として、アウラとその商会も来てるんだ」

正確に言うと、アウラの父親の商会なのだが、アウラが広告塔みたいなものなので、それも間違いではない。

「アウラもか。そんなに物資が足りねえのか」

アウラが少し苦手なファルコは、微妙な顔をしたものの、気になったのはそこだった。アウラにしろアルフィにしろ、北の町の子どもたちが仕事ができるのは疑いようがないからだ。

「なにしろ、本来の夏の狩りまでまだ二ヶ月近くあるのに、魔物が多いから。北の町だけでなく、近場からもかなり狩人を集めているみたいだけど、物より人のほうがまだ集めやすいみたいで」

「生活必需品をおいそれと他の町に流したら、足りなくなって困るのは渡したほうの町だからなあ」

「ほんとに。アウラは衣類だけでなく、深森から食料や石鹸《せっけん》、布類などを持ってきたようで、今引っ張りだこだと思う。ところで」

アルフィはファルコの後ろを気にしている。

「ショウとハルか？」

「うん」

「あいつらはカナンに置いてきた」

アルフィは大丈夫なのかというように眉を上げたが、それがショウやハルの心配ではなく、ファルコの心配であるのはファルコ自身にも伝わった。

「とりあえず、導師への依頼は月単位で時間がかかりそうだったからな。それなら俺たちは、狩人として役に立ちそうなこっちに来るべきかと思った」

「よくこっちに来られたね」

主にファルコが、とはあえて言わないアルフィに、かえって気まずい思いをするファルコである。

「平原でも、ハネオオトカゲの大発生があったんだ」

「まさか。いたとしてもせいぜいトカゲだろうに」

「国境から入ってすぐのとこだ。下手するとアンファの町に流れかねなかったが、俺たちでそらした」

「さすがだね。そうか、魔術師のハルとショウがいればむしろなんとかなるかな」

「小さい魔物の移動には俺たち狩人はほとんど役に立たねえからなあ」

一体一体倒していく狩人では、とてもその数に追いつけないのである。

「かといって、普通の魔術師だって無理だろ。ハルとショウが特別なんだよ」

「ところが、そうでもないんだよ、今年は」

アルフィがにやりとした。

「今回、湖沼《こしょう》から最強の魔術師が参戦しているんだ。それも二人。ライラと一緒だけどね」

「ライラと？　ああ、爆炎《ばくえん》か」

思わず二つ名を口にしてしまったが、つまりドレッドが来ているということだ。ファルコとレオンはおかしいなと言うように顔を見合わせた。

「クロイワトカゲ狩りは、ある意味単調だから、ドレッドもライラもあまり興味がなかったと思うが」

「なんでも、新しい戦法を開発したらしい。ぜひ狩人と組みたいということで、北の町一行と組んで大暴れしてるよ」

そんなことになっていたとは知らなかった。

「まあ、ドレッドはもともとハルとショウの魔法を熱心に学んでたからな。おんなじことができるんだろうよ。それに狩人ともうまくタイミングを合わせられる魔術師だしな」

ファルコはドレッドのことは特に苦手ではない。

「なあアルフィ、魔術師二人って言ってなかったか」

「うん。まあ、でも見てきたほうが早いと思うし、できればすぐ前線に出てほしいんだ。見ての通り狩人不足で」

アルフィは、疲れて休んでいる狩人を手で示した。

「来てすぐにで本当に申し訳ないけど、特に北の町から来た狩人は七人だけなんで、けっこう大変そうで」

レオンは頷き、もう何も言わず教会を後にした。もちろんファルコもだ。

「さて、このまま行くかあ」

「ああ」

深森に入ってからは、道中すなわち狩場だった二人は、すでに狩りに出る装備になっている。急いで岩場に向かった。

「おお、いるいる。待て！　あれは！」

まるでハルの炎の魔法のように、魔術師が狩人の両側から炎の壁を作っている。

常時発動するのではなく、まるで牧羊犬《ぼくようけん》が羊を追い集めるかのように、炎の壁でクロイワトカゲの行く先をコントロールしているのだ。

一人はドレッド、そしてもう一人は。

「あいつ！　遠くからちょっとだけ見たことあるけど、確かハルを苦しめた元凶《げんきょう》の！」

「というと、魔術院、院長か……。こんなところで何をしているんだ」

白髪まじりの深緑色の長髪を、額《ひたい》のサークレットで押さえ、ローブをはためかせている姿は、まるで導師の色違いのようによく似ている。もう一五〇歳ほどの伝説の魔術師と言ったら、魔術院院長しかいないだろう。元、が付くがとファルコは思い出した。確か院長はやめたはずだ。

「とにかく落ち着け、レオン。もうハルとは何のかかわりもない男だ」

「くっ。そうだな。戦闘が落ち着くのを待つか」

クロイワトカゲが、この時期に多量にいるのは珍しいが、それでもよく見ると、狩りのピークの時ほどの数ではない。全体の狩人の数も少なめだ。だからこそ現状、何とかなっているとも言える。

二人は事情を知りたくてじりじりした。

やがて狩人側の合図とともに、魔物を追い込んでいた魔術師たちも炎を出すのを止《や》め、そのまま後方に下がってきた。その面々はどれも見知ったものだが、うち二人は冬の北の森の狩りでよく一緒になるやつらだ。

「ジェネ！　ビバル！」

レオンの大きい声に、岩山から下りてくる二人は顔をほころばせた。

「よーう、レオン、ファルコ。よく来てくれた！」

二人だけでなく、北の町の他のみんなの顔も明るい。来ているのはすべて優秀な狩人だが、とにかくもっと人手が欲しかったたし、その人手がレオンとファルコなら言うことはないのだろう。誰もが安堵《あんど》の表情だった。

「ちょっと、ファルコ、まず私に挨拶じゃないの」

「ああ、ライラ。久しぶりだな」

ファルコが今気がついたというように挨拶した。実際、目に入っていなかったのだが。今はライラより、現状と、魔術院院長らしき人に興味がある。

「ショウとハルはどうしたの？」

ファルコはちょっとうんざりした顔をした。自分に挨拶しろという割に、旧交を温めるでもなく、自分の聞きたいことを聞く。それがライラらしいと言えばライラらしい。

「ライラさ、あんたそれはないだろ。まずファルコとレオンにどう過ごしてたか聞くのが筋ってもんだ」

ジェネが笑いに紛《まぎ》らせながらもチクリと注意してくれる。

「だってファルコ、元気そうじゃない」

その通りだし、ファルコにとってもいつものことなので、そこまでは気にしていない。むしろファルコは、珍しくイライラしているレオンがつっかかって行く前にと、急いで本題に入った。

「それより、見ない顔がいるが」

「ああ、このお人だな。ドレッドとライラが連れてきてくれたんだが、まあ、おかげで狩りがはかどるはかどる」

「そうじゃなくて」

ジェネのおしゃべりにレオンが苛立って口を挟む。

北の町の狩りに参加している割には、他人事のような顔をして何やら話しているドレッドともう一人は、気がつくとファルコとレオンのほうを見ていた。

「オーフ、黒髪のほうがファルコ、ショウの養い親、そしてこっちがレオン、ハルの養い親だ」

ドレッドがそう説明している。やはり、ショウとハルという存在を知っている人ということになる。

「ファルコ、そしてレオン。こちらが元魔術院院長、オーフだ。例の、ハルの面倒をちゃんと見なかった男だ」

このドレッドの説明に、ファルコはなんだか力が抜けた。

もし湖沼に落ちたのがショウだったらとファルコは考えたことがある。素直だが、自分のやりたいことがはっきりしているショウは、おそらく自分の力でちゃんとした境遇を勝ち取ったとは思う。

ハルも素直だが、自分のことより他人のことを優先するところがある。それは優しいともいえるが、いいように扱われかねない危険はある。落ちたところが競争社会である学院というのは、非常に運が悪かった。

そんなふうに冷静に見ているファルコだが、だからと言ってハルに同情していないわけではない。

そして、落ちてきたショウから幸せをもらっているファルコとしては、ハルを失って一番損をしたのはこの学院長だろうと思っているから、レオンほど怒りを抱いてもいない。

それでも、ドレッドと元院長が親しげなのには何となく腹が立っていたので、ドレッドが、元院長がちゃんとしていなかったことを認め、それを皆に示したことにほっとしたのだ。

「お前、どの面《つら》下げて北の町に交じってやがる。ハルにしたことを忘れたのか！」

レオンがオーフにつかみかかろうとしたので、それを予測していたファルコはレオンを後ろから羽交《はが》い締《じ》めにした。

「ファルコ！　なんで止める！」

「ケンカする元気があるのなら、狩りに力を入れて、できれば怪我をしないでくれ、と」

「ファルコ？」

レオンの力が抜けた。

「忘れたのか。ショウがついてきた最初の夏の狩りの時、アルフィが言った言葉だ」

「……ああ。ビアンカともめた時のことか」

レオンは少し考えるそぶりを見せた。思い出すのに時間がかかったようだ。

「俺たちの手は、剣を持つためにあり、その剣は、魔物を倒すためにある」

ファルコの言葉に、レオンがふと周りを見ると、北の森の仲間はみんな頷いている。

「それに、湖沼を出る時、ハル自身がちゃんと自分で始末をつけてきたはずだ。レオンが復讐《ふくしゅう》するのは筋違いだろう」

「くっ」

レオンはファルコを振り払ったが、ファルコはもうレオンを抑えようとは思わなかった。レオンが落ち着いたのがわかったからだ。

「湖沼では結局導師にしか会わなかったから、お互い初めてだな。オーフだ」

元院長は、距離を縮めるでもなく、手を差し出すわけでもなく、離れたところからそのまま声をかけてきた。

「ハルのことについては、心からすまなかったと思っている。今、幸せに過ごしていると聞いた。嫌になるほどな」

どれだけ周りから聞かされたのだろう。ふっと苦笑するオーフにレオンがまた怒りをたぎらせそうになったが、ファルコがポンと肩を叩いて気をそらせた。

「で、なんで元院長がここにいる」

「元院長ではあるが、オーフと呼んでくれ」

ファルコの質問に、オーフはすぐには答えなかった。

「俺が説明しよう」

代わりにドレッドが説明するようだ。

「とりあえず、オーフが、ハルのことをきっかけに、学院の仕組みをだいぶ改善してから辞めたということは頭に入れておいてくれ」

「仕組みをいじっても人に無関心で心が冷たければ何も変わらねえよ」

「レオン、今は黙れ」

ファルコはため息をついてレオンを抑えた。こんなレオンは初めて見るかもしれないと思いながら。

「オーフは学院を離れた後、俺と同じようにふらふらとあちこちで狩りに参加していたらしい。湖沼の狩場で偶然会った時に、ハルの考えた魔法を使う機会があって、そこからの付き合いなんだ」

ということは、今年の冬の狩りの時はもう知り合っていたのだろう。

だが、言わなかった。

今のレオンを見ていたら、それが正解だったとファルコは思った。

「俺は個人でその力を伸ばすことしか考えなかったし、現にそうしたんだが、オーフはハルの応用魔法を使える人を増やさねばならないと言ってな、それから湖沼のあちこちで指導に当たっていたらしい」

ドレッドは、オーフと知り合って付き合うようになったという割には、オーフに関心を見せなかった。

「ハルが考えたという魔法を知って、魔法にはまだ可能性があるという喜びがまず先にあったのは確かだ。ただ、今はそれどころではない。湖沼でも魔物が増えているし、深森でも、そして岩洞でもこの通りだ」

オーフは先ほどまで狩りをしていた岩山を指し示した。

「このままでは、魔術師が魔法だけで魔物を狩っているのでは間に合わない時期が来る。そのためには、自分が魔物を倒すのではなく、狩人を生かす魔法の使い方を考えねばならぬ」

同じようなことをどこかで聞いたことがある。ファルコは眉を寄せて思い出そうとした。

「そんなことはな、ショウが初めて魔術師であるドレッドに会った時に、もう思いついていたんだよ！」

そうだった。レオンの言葉で、自分なら魔法をどう工夫するかとショウが口に出していたことをファルコは思い出した。

「まだ一〇歳の時だ。おそらく、同じ状況にいれば、ハルだって同じことを考えられただろう。それだけ賢い子をあんたは放置して苦しめたんだ」

「レオン」

「くそっ」

どうやら自分でも止められないらしい。レオンの手は怒りで震えていた。

「ここから先は俺が聞いておく。お前はいったん下がれ。他の狩人の邪魔にならないところで、クロイワトカゲでも狩ってこい」

ファルコに冷静に言われ、レオンは怒りの気配をまき散らして岩山に向かっていった。

「ハルがちゃんと甘えられる子どもに戻るのに、そうとう苦労したんだ。わかってやってくれ」

「何を言われても仕方がない。気が済むのならいくらでも」

「これがショウだったら冷静ではいられなかったくせに。大人になったものね」

「ライラは黙れ。オーフ、続きを」

ショウがいないと殺伐《さつばつ》とした親子であった。

「時にはドレッドとライラに手伝ってもらいながらも、新しい魔法の使い方、狩人との連携など、数十人には訓練できたと思う。特にドレッドや私のように、あちこち行きたいと思うタイプの魔術師には人気でな」

それはよいことだと思うが、それがどうしたというのも本音である。

「その魔術師たちが、こちらに向かっている。今年はそれが必要になるだろう」

「必要になる、とは？」

「大発生が起きる。戦線は維持できず、おそらく魔物は平原へ向かうことになる」

「っ、ショウ！」

ファルコは思わず平原のほうを振り返ったが、もちろん平原など見えるはずもなかった。

「ここで食い止められればそれでよい。しかし食い止められなければ、途中の町や村に魔物を寄せつけないようにしながら、平原に魔物を誘導することになるだろう。その間に自然と魔物は力尽きて減っていくはずだ。そこで生かせるのが魔術師の力だと私は予測する」

アンファの町で、ハネオオトカゲの大発生にあった時、ハルのしたことがそれだった。

「町に魔物が来ないよう、大きい魔法を使って町の外に魔物を集める。そして後は、町に来ようとする魔物だけを倒し、移動する魔物の本流を妨《さまた》げない」

「その通りだ。なぜ狩人のお前がそれを理解しているのだ」

ファルコの言葉に、初めてオーフの表情が大きく動いた。

「すでに平原の国境の町で、それを経験してきたからだよ」

「なんだと！」

「ハネオオトカゲの小規模な群れが、深森から国境を抜けてアンファの町の横を通ったんだ。たまたま俺たちはそこにいた。魔物が町に行かないように、ハルが自分から大きな魔法で魔物を引き寄せ、俺たちが魔物を防いだんだ」

「ハルが……」

レオンが魔物に八つ当たりし、少し落ち着いて戻ってきた頃には、狩りに参加するのはもちろんだが、ノールダムの町の代表のゲイルも含めて、もっと大きい作戦を立てなければならないという話がまとまっていた。

「はあ？　どうなってるんだ」

「怒りはいったん収めろ、レオン。下手をすると、平原のショウとハルが危ない」

「ハルが……。わかった」

夏の狩りも、一筋縄《ひとすじなわ》では終わりそうになかった。

起きて食事をし、クロイワトカゲを倒す。ちょっと時期が早いとはいえ、毎年夏の狩りにやっているいることだ。人数が少ないとはいえ、ジェネやビバル、それにファルコやレオンなど、北の町の精鋭がそろっているから、狩り自体にもそう苦労はしない。

だが、いつもと何かが違う。ファルコは体が何となくだるいような気がする。ちゃんとアルフィに毎日体をチェックしてもらっているのに、なぜだろう。

「何かが違うんじゃなくて、ショウがいないだけでしょ、まったく」

「やめたほうがいい、ライラ。真実は時に人を傷つけるものだ」

ドレッドのほうがむしろ俺を傷つけているんだがと、ファルコは目立たないようにため息をついた。

ショウが森に落ちていた日から、もう三年と半年が過ぎている。その間、こんなに長い時間離れていたことはなかった。離れそうな時があっても、ショウが工夫し、あるいはファルコが考えて、常に一緒に行動するようにしてきたからだ。

だが、この非常時にそんなことは言っていられない。

言ってはいられないのだが、なぜ自分だけが損をしなくてはならないのかとも思う。

「それはねえよ、ファルコ」

「なんでだよ、ビバル」

昼を食べながら、元気のないファルコが皆にからかわれていた時のことだ。

「確かに、俺なんて独身だから損もしてないが、そもそも得もしてないからな」

「そうだそうだ」

ジェネが隣ではやしたてる。

「ここに狩りに来てる家族持ちの狩人は、たいてい家族を町に残してきてるんだぜ。ついてきているショウとハルが珍しいんだって」

「そんなものか」

「そんなもんだ。今までがぜいたくすぎたんだよ」

そう言われてもやる気は出ない。

それでも、今度ショウに会った時にさぼっていたとは言いたくないファルコは、仕方なく立ち上がった。

「さて、午後の訓練か」

「ああ。だいぶさまにはなってきたか」

オーフの言っていた魔術師一行がやってきて、各狩人の群れに配置され、一日の半分の時間を、魔術師と狩人が連携する訓練にあてている。

ファルコとレオンとライラ、それにドレッドとオーフは、午後は経験者としてあちこちの指導に当たっているというわけだ。

ノールダムの町の代表のゲイルも、最初はオーフの話に半信半疑だったが、この魔物の多さに、最終的には決断した。決断したら動くのは早かった。

しかし、逆に不満を示す者もいた。

平原からの商人だ。

「平原だって魔物が増えて、ただでさえ肉がだぶつき気味なのに、こうやって買い入れに来てるんですよ、わざわざ平原からね」

恩着せがましいことこの上ない。

「それもこれも、二〇〇年も前の大発生の時のことを引き合いに出して、平原に魔物が来ないようにするためと言われてきたんですがねえ」

商人の言葉は止まらない。

「なのに結局魔物の大発生が起きるかもしれない、そしたらここで止めきれないから、結局は平原方面に誘導するって、私たちに何か得なことがあるんですかね」

その言葉に、他の平原の商人たちも頷いている。

北の町のようにわざわざ遠くからきている狩人もいる。誰のためだと殴りかからんばかりの空気になったが、腕を組んでいたゲイルは落ち着いていた。

「それなら仕方がないな。あなた方にはもう期待しない。何もしなくてかまわないよ」

反論、あるいは説得されると思っていた商人たちは、逆にあっけにとられた。

「もう魔物の買い付けに来てくれなくてもかまわない。その代わり、私たちも来年から夏の狩りのやり方を変える」

これには狩人側も驚いた。

「クロイワトカゲなど、何もこのノールダムの町で狩らなくてもいいんだ。町の外まで魔物を移動する経路さえ作ってやれば、魔物は自然に町の外に出る。深森の草原は壊滅するかもしれないが、もともと深森は麦など作っていない。草原が荒野になったところで、誰も困らない」

ゲイルの言葉に、誰もが魔物が草原を移動するさまを思い描いた。確かに、深森は別に困らないだろう。

「そして、魔物は数を減らしながら平原にたどり着くだろうな。その先は俺たちには関係ない。そういうことだ。では、これで解散！」

「ま、待ってくれ！」

青くなったのは平原の商人たちである。

「なんだ。もしそうなったとしても、俺たちは町の外で魔物を狩って、魔石を取れば十分暮らしていける。肉など捨て置いてもいい。それに、夏の狩りで人が集まらなければ、麦が余分に必要になることもない。したがって、あなた方ももう来なくていい。万々歳ではないか」

ちょうどショウたちが来たあたりから、魔物が増え始めた。もう今年で四年目、いつもより多い魔物を倒すのにも、夏に一時的に増える狩人や商人の起こす騒ぎにも、ノールダムの住人は飽き飽きしていたのだ。

文句を言わず、新しい戦法や治癒のやり方を提供してくれる北の町のような狩人たちばかりだといいのだが。

「わかった！　わかってはいたんだ」

商人はうつむいた。

「しかし、定期的に深森や湖沼に荷物を運ぶ我々のような立場でなければ、平原ではこの苦境は全く理解されないことは覚えておいてくれ」

おそらく魔物をとどめられず、平原へ誘導することで非難されるだろう、それを覚悟しろということだ。

「そんな先のことまで、知るかよ」

ゲイルは言い捨てると、今度こそ誘導の作戦を立て始めた。

まず先行して魔物の移動経路沿いの町や村に使者を出し、魔物の移動の危険性と、その時の対策、人手や物資を出してほしいことなどを連絡していく。

記録によると、魔物の移動は人が馬でついていける速さだという。

夜に狩りをするという手もあるが、魔物は夜は動きを止める。移動に同行する狩人の疲れを考えると、夜は寝て、無駄に魔物を刺激しないようにしたほうがいい。

「馬の手配はどうなった」

「北の町の商会が既に手配を終えていました」

「小さな治癒師のお仲間のお嬢さんか。本当に北の町の子どもは優秀だな。そもそも小さい治癒師殿が子どもたちに教えてくれたスライム狩りと薬草採取のおかげで、夏の狩りに慌てることがなくなったんだよ」

ゲイルの表情がやっと和《やわ》らいだ。

「平原で頑張っていると聞いたが。まだ見習いにもなっていないのに、平原で治癒の力を尽くしている深森の子どももいるんだぞ。わざわざカナンまで行ってな」

なぜゲイルが平原の商人にショウの自慢をするのかと、不満そうな顔をしているファルコに思わず笑ったゲイルである。しかしそんなのんきなことを言っている暇もなく、魔物の動きが変わったのは、その作戦会議のすぐ後のことだった。


もはや狩人だけでは止められない量に増えた魔物は、まるで川のような流れになり、草原に移動を始めていた。

狩人と魔術師が組んだ先行隊は、すでに街道と途中の町に派遣されており、魔物の群れが街道沿いの町に引き付けられないよう、群れの流れを調整する配置にしてある。

その頃には、急いで北の町に帰れば、星迎えの祭りに間に合うかもしれないという時期になっていた。帰れるような状況ではなくなってしまったが、そもそもショウは平原にいるのだから、ある意味一石二鳥であるとも言えると、ファルコは自分を慰めた。

「よし、今年のノールダムでの狩りは終わりだ。町の防衛は、もともとの町の狩人に任せて、俺たちは群れの最後を追うように南に下るぞ！」

ガイウスの声に、おお、と声を上げるのは北の町の狩人だ。

魔物の群れは、最後になるほど強くなる。北の町の強い狩人たちは、その後始末のため最後に残っていた。

「面倒くさいが、平原まで行けばショウとハルと合流できるかもな」

そうファルコとレオンをからかうのは、いつもよりずっと早く狩人を引き連れてやってきていたガイウスだ。いざとなれば判断を間違えない男なのだ。

「待て、ガイウス。岩山のほうが騒がしいぞ」

「なんだ」

すでに出立《しゅったつ》の準備も終わり、出るばかりになっていた一行の一人が、異変に気づいた。岩山から下りてくるクロイワトカゲは今年はもう狩らないことになっている。町に寄り付かないように、追い払うだけだから、もう問題はないはずなのだが。

「まさか。そんなはずない。そんなはず」

そうつぶやくと、狩人が一歩、二歩と下がる。入れ替わるように前に出たファルコとレオンは息をのんだ。

「アカバネザウルス……」

ファルコにとっても、北の町にとっても因縁《いんねん》の魔物である。遠く離れているはずなのに、その姿ははっきりと見えた。それもそのはずだ。家一軒分の大きさがある。

「一、二、三。なんであいつら、出る時はいつも三頭なんだよ」

レオンがうんざりしたようにつぶやいた。その一方で、

「くくく、ハハハ！」

ガイウスは嬉しそうに笑うと、すらりと剣を抜いた。その音にファルコはガイウスのほうを振り向いた。

「ガイウス、何をしている！」

「俺の三〇年を奪った報い、受けてもらうぞ！」

「やめろ！　そんな場合か！」

三英雄の一人とはいえ、若いファルコの声にはガイウスを説得する力はないようだ。

発生したての魔物は強い。北の町に出たアカバネザウルスは、もう少し弱っていたとファルコは思い出していた。今立ち向かっても、絶対にかなわない。

ガイウスが我を忘れたことで、北の町の狩人は逆に冷静になった。一番力のあるレオンがガイウ

スに静かに言い聞かせる。

「幸《さいわ》い、あいつらの意識は群れの先のほうに向いているようだ。ノールダムの町には興味を示してはいない。ガイウス、俺たちのやるべきことはここでアカバネザウルスを倒すことじゃない」

「倒さない？　なぜだ」

ガイウスもレオンの話なら耳に入るようだ。それでもレオンはそっとため息をついた。アカバネザウルスから目を離さないガイウスは、まだ冷静さを取り戻してはいない。

「でかいアカバネザウルスでも、町を襲わなければ荒野を行くただの魔物だ。俺たちのやるべきことは、アカバネザウルスが途中の町や村を襲わないように牽制しながら、弱るのを待つことだ」

「倒さないのか」

「倒す。ただし、もっと弱ってからだ。今、発生したての元気なあいつらと戦えば、俺らは半数、あるいは全員がやられる。それは無意味な犠牲だ」

アカバネザウルスをにらんでいたガイウスの目が、北の町の仲間のもとに戻ってきた。

「そう、確かにそうだな。幸いと言ってはなんだが、俺たちが命を賭《と》してまで守るものはここにはない。オーフ！」

「ああ」

ドレッドとライラは、未熟な魔術師を支えるため、先行隊に入っている。最後を見極めるために北の町の狩人と共に残ったのは、元魔術院院長、オーフだ。

「飛ぶ前に方向を変えさせることは剣士でもできる。しかし、万が一飛んでいる時にあいつらが方向を変えるようなら、それを止めることができるのは魔術師だけだ」

「わかっている。私と、そして」

「俺もいますよ」

「アルフィ。ほんとに北の町の子どもたちは頼りになるな」

「ショウとハルに負けるのは悔しいですからね」

アルフィは、治癒師兼魔術師として一行に加わっている。

「物資は任せて」

アウラまでいる。ショウとハルを引き合いに出されたら、ついていくという子どもたちを止めることなどできなかったのだ。

「さ、警戒しながら出発だ！」

今度こそ北の町の一行は出発した。

第五章　魔物襲来

　湖沼《こしょう》にハルを迎えに行った時も、ショウとハルは、宿のベッドの上に買ったものを並べている。

「お土産《みやげ》も買ったし。買い忘れはないかな」

　こうしてお土産を並べたなあと思い出しながら。

「薄くてきれいな生地が多かったから、アウラが喜ぶね。みんなには柄《がら》の違うハンカチ。男子には、牛の角の柄《え》のナイフ」

「みんなしっかりした短剣を持ってるくせに、こういうの欲しがるよね」

　ハルが並べた小さな鞘《さや》付きのナイフを眺めながらショウはくすくすと笑った。

「まあね。でも、確実に喜んでもらえるってわかっているのもすごく楽だよ」

「確かにね」

　そしてジーナには特別に大きいスカーフだ。これを頭に巻いたジーナはきっときれいだろう。

「やっと帰れるね」

「最後は楽しかったね」

　カナンの町の大半の人は、今も、これからも変わらない生活を続けていくだろう。

それでも確かに、薬師ギルドは動き出したし、治療できる治癒師も増えた。これだけでも導師に来た依頼は十分に達成できたと言える。

「そのうえに、カナンの外の農場にも、最低限だけれどポーションが行き渡って、スライムの害があってもすぐに治療することができるようになったし」

「教会に来ている子どもたちも、スライムを狩れるようになった子が多いしね」

「薬草採取も、薬師が採取に回らなくて済むくらい集まるようになったみたいだし」

それでも初心を忘れないように、時々は薬草を採取するよと、薬師ギルドの人たちは約束してくれた。

「それから、麦類、と」

麦にもいろいろな種類があるとかで、これはジーナの旦那のゴルドへの土産になる。

「自分でパンを焼くのは面倒くさいから、ゴルドにやってもらうのが一番だもの」

「ちゃっかりしてる」

「じゃあ、ハルがやる?」

「やらなーい」

二人とも家事はやるが、ハルは料理があまり好きではなく、ショウは掃除があまり好きではない。そういうものである。

「あとはビスケットたくさん。それから、魚の干物。うひひ」

「うひひって、ショウ」

ハルにあきれた顔をされた。

「いや、だって、もちろん深森《ふかもり》にだって干物は運ばれてくるけど、そもそも北の町では肉が主じゃない。魚は人気がないからたくさんは運ばれてこないんだってゴルドが言ってたし。種類も少ないんだもん」

「そうだよねえ。収納袋があるから、干物でも何でも本当は運んでこられるはずなのにね」

「ファルコもレオンも、魚が出てきても、肉も食べたいって顔をするもんね」

まあ、魔物の肉が取れるのだから肉を食べて悪いことは何もないのだが。

「あとはベル商会から預かったアウラのとこ用のポーチと、こんなものかな」

往復で三ヶ月近く、思ったより長くなったが、これで帰れると思うとほっとする二人である。

「ファルコとレオン、戻ってこなかったねえ」

「馬車も戻ってこないから、定期便で帰る羽目《はめ》になったけど、それはそれで楽しいかも」

正確には、カナンの町が北の町まで馬車を出してくれると言ったのだが、導師が断ったのだ。

カナンからはあちこちに定期便が出ているから、アンファの町までは行くのには困らない。次に、アンファの町から深森への定期便へ乗り換えて、と、まるで普通の旅のように移動するのだ。

「父親と二人の娘の旅のようだな」

大喜びしている導師に、エドガーは突っ込んでいたなとショウは思い出した。

「兄もいることを忘れないでくださいよ」

エドガーはある意味、今回一番苦労した人だから、導師もショウもハルも頭が上がらない。

「明日の朝出発、と」

野外用の料理器具と食材の確認も済んでいる。

と、その時、トントン、とドアを叩く音がした。

「ショウ、ハル」

エドガーだ。近くにいたハルがドアを開けた。

「どうしたの？　こんな遅くに」

「緊急事態だ。すぐ下に来てくれ」

エドガーはそれ以上何も言わず、そのまま入口で待っている。

ショウはハルと一瞬顔を見合わせたが、何も言わずエドガーの後に続いた。

一階の食堂に降りると、夕食の時間をだいぶ過ぎているのに、たくさんの人が集まってざわめいていた。

その真ん中に、囲まれるように導師が座っている。治癒師や薬師、それにデリラのお父さんなど知っている人もちらほらいた。

だが、大人の中で目立っているのはやはり子どものリクである。守るようにそばにサイラスが控えている。

「リク！」

「ショウ！　ハル！」

リクがはっと顔を上げると、安心したように二人の名前を呼んだ。

そして食堂の注目も同時に集めてしまった。

だが、ショウはこんなことには慣れている。エドガーを後ろに従えるようにして、ショウとハルは堂々と導師とリクのもとに歩いて行った。まるで道が開くように人垣《ひとがき》が割れる。

「セイン様」

「ショウ、ハル」

導師は立ち上がると、珍しく二人をぎゅっと抱きしめた。いつもそうしたいと思っているのに、ファルコとレオンに遠慮しているのと、二人が恥ずかしいだろうと思って控えてくれているのを知っているショウは驚いた。

「いったい何がありました？」

「それがな」

話し始めたのは、導師ではなく向かいに座っていた人だ。ショウはその人に何となく憶えがあった。

「確かアンファの……」

「そうだ。あの時、腰を治してくれてありがとうな」

治癒した人のうちの一人だったようだ。

「俺は使者殿を案内してきただけなんだが。使者殿は疲れて先に休んでしまったんで、代わりにここに出てるんだ」

事情はわかったが、使者とは何だろうか。ショウは悪い予感がした。

「端的《たんてき》に言う。ノールダムで、魔物があふれた」

「ファルコ！」

叫んで入口に飛び出そうと動いたショウの肘をハルがつかんだ。その手は震えている。

その手を見て、その手の先のハルを見て、ショウははっとした。

大きな目に、あふれそうな涙。震える口元。それでも、強い光をたたえる目。レオンが心配なのだ。ショウと同じだ。

今、外に走り出てどうなる。やっと乗れるようになった馬を駆ってアンファまで行ったとして、それでどうファルコの役に立つ。ショウはすっと冷静になった。

「ハル、ごめん」

「いいの。わかるから」

ハルは首を横に振った。

「セイン様、すみませんでした。もう少し話を聞かせてください」

そう言ったショウとハルのために、リクとサイラスが椅子を用意してくれた。

食堂に集まった人々は、ショウとハルが呼ばれたことも、そしてその二人の行動も不思議に思った。しかしショウとハルを置いて、養い親がノールダムまで魔物討伐《とうばつ》に行ったのだという事情がひそひそと食堂を駆け巡り、ショウとハルに同情的な視線が注がれた。

「今年の魔物の多さは異常で、魔物があふれるということは予想がついていたそうだ。そのためにノールダムでは、魔術師と狩人が組んで、魔物があふれること前提で計画を立てていたと、この手紙に書いてあった」

導師は、目の前のテーブルに置かれた手紙を指し示した。

「口頭では事情が正確には伝わらない可能性があるからと、手紙がたくさん書かれたらしい。型どおりに書かれた手紙と、それから我ら宛の手紙と」

「読んでもいいですか」

ショウは手紙を受け取ると、二種類の手紙をハルと交互に読んだ。

「伝承通りなら、アンファを過ぎてしばらくしたところで魔物は力尽きる。おそらくカナンまではたどり着かず、たどり着いたとしても魔物の数はかなり減っているだろうと書いてあります」

「そう予想されているようだな。だが、せっかくこうして前もって知らせてもらったのだ。魔物がたどり着いた場合の最悪を予想し、その対策を立てねばならぬ」

二人は頷いた。

導師は立ち上がった。

「まずこれは言っておくが、魔物に立ち向かおうとしてはいかん。これは絶対だ！」

これはさすがに意外だったようで、おそらく自衛団を組織して魔物に対処しようとしていたカナンの町の人たちはあっけにとられた。

「町の者は、魔物の来襲の警告が来たら、家に閉じこもって外に絶対に出ないこと。対策はそれに尽きる！」

「なぜだ！　せっかく連絡が来たのに、立ち向かわずにどうする！」

「家に閉じこもっていては、畑がだめになってしまうではないか！」

町の人たちは口々にそう言った。

「ダメなんだよ！　無理なんだ！　俺たちじゃ！」

立ち上がって町の人に反論したのは、意外にも使者をつれてきたアンファの町の人だった。

「俺らはな、既《すで》に導師とこの小さい治癒師さんたちに一度救われてんだ。アンファは、この春、ハネオオトカゲの群れに襲われそうになったんだよ！」

同じ平原《へいげん》の町が既に魔物に襲われていたと知って、皆静かになった。

「俺たちも外に出るなと言われていた。だけど出たさ。この小さい子どもたちが町の外で俺たちを守ろうとしてる。俺たちだけ家の中に閉じこもっていていいのかって、そりゃ思うだろうよ、なあ」

まさにカナンの町の人たちもそう考えていたところだろう。もっとも、アンファでショウたちが魔物に立ち向かっていたというのは予想外のことだったはずだが。

「けどな、魔物ってのはな、トカゲみたいな小さなもんじゃねえ。俺たちが外に出たのは、もう魔物が町から離れた後だった。でも、草原はな、深森の狩人が倒した魔物で、足の踏み場もないほど埋め尽くされてた」

誰かがごくりと唾をのんだ。

「一頭一頭がな、大人の半分の大きさがあるんだ。俺たちは剣なんて持ってねえ。鍬《くわ》に鋤、鎌《かま》。それに短剣。そんなものを振り回して、俺たちがやられる前に、いったい何匹倒せるって言うんだ。その前に多量の魔物にたかられて何もできずに死んじまうか、お互いの振り回した武器にやられて倒れるのがオチなんだよ」

あの後、ちゃんとそんなふうに思ってくれたのなら、アンファで体を張って頑張ったかいはあったとショウは胸が少し暖かくなった。

「まして、今度岩洞《がんどう》から下ってくる魔物は、クロイワトカゲだ。アンファに出たハネオオトカゲの二倍、つまり大人と同じくらいの大きさがあり、重く鋭い爪《つめ》と固い皮を持っている。訓練した剣士でないと、倒すのはまず無理だ」

導師の静かな言葉に、立ち上がっていた町の人たちは一人また一人と腰を下ろしていく。

「じゃあ、どうしろって言うんだよ……」

ここからが対策の始まりだ。

「魔物が町の外で止まってくれるとは限らない。町の中や畑に入り込んでしまった時のことを考えるべきだ」

襲われた時、そして襲われた後どうするか。何日も家の外に出られないかもしれないこと、そして教会に行けない状態で怪我をしてしまった時のことを考えていかねばならない。

魔物は来ないかもしれない。町の手前で力尽きるかもしれない。しかし、町に来るかもしれないのだ。来るとしたら、最短で一週間ほど。

時間はない。

その現実が、徐々《じょじょ》に町の人に染みこんでいくのを、ショウとハルは眺めるしかなかった。

いずれにしろ、ショウとハルの役割は決まっている。特にハルは。

ショウはハルのほうをそっと眺めた。不安に揺れていたハルはもう落ち着いて、覚悟を決めている者の目をしていた。

学院を卒業した魔術師としての役割。

つまり、防衛の最前線。

導師と共に、町の外で体を張ることになる。

ショウは、膝の上に置かれたハルの手をそっと握った。

「私も一緒だから」

その二人の手に、同じくらい小さな手がかぶさった。リクだ。

「俺も一緒だ」

その三人を後ろから包み込むように、エドガーの手が抱え込んだ。

治癒師だけれど、薬師だけれど、剣士でもあり、魔術師でもある。

北の町で暮らすということは、そういうことなのだ。

さあ、胸を張ろう。役目を果たすために。


町の人たちのやるべきことは、魔物が来た時に決して家から出ないこと。魔物があふれ、南下してくるという驚きと恐怖の情報の後、聞かされた対策が消極的なことに、町の人はかえって戸惑ったようだった。

「最低でも三日間。できれば一週間。一歩も外に出られない時のことを考えてみてくれ」

農場の人は、町にしょっちゅう買い物に行くわけではないので備蓄はある。だが、それはたいていは物置や倉庫にあって、家から出ないとなると、備蓄を家に移さなければならない。

水は、各自が飲む程度なら魔法で何とかなるが、それ以上使うならやはりたくさんためていたほうがいい。

町の小さい家ならなおさらである。

牛の放牧をしている者が、もし牛を昼も厩舎《きゅうしゃ》に入れっぱなしにしておくつもりならば、大量の牧草がいる。しかし、この草が生い茂る季節、牧草の備蓄はまだできていない。

「牛は外に出しっぱなしにするしかない」

「サイラス……」

サイラスとリクのところも、乳を搾《しぼ》るための牛がいる。しかし、搾ってもらう人が外に出られないということは、最悪牛は駄目になってしまうということだ。

魔物にやられる可能性もある。やられなくても、乳を搾らず放置したら病気になってしまう。

もしカナンの町まで魔物がたどり着いたら、どんな場合でも大きな被害が出ることは間違いない。

町の手前で止まりますように。そうでなければ町に気づかず通り過ぎてくれますようにと、町の人は祈るしかなかった。


「さ、俺たちの本気を見せる時が来たようだな」

ガーシュがそっくり返っている。

「何の本気だよ」

そして友だちに突っ込まれている。

「怖いとか草むらがいやとか言っていられなくなってきたわね。とにかく少しでも多くの薬草が必要なわけでしょ。薬師はポーションの増産に手を取られていて、薬草を採っている暇がない。そこで、私たちの出番なわけよ」

「女子はその新しい服を着たいだけだろ。その、ショウとハルみたいなやつをさ」

「それの何がいけないの？」

「いけなくは、ない」

男の子たちの目が泳いでいる。

それはそうだろう。今まで長いスカートしかはいていなかった女の子たちが、膝が見えそうなほどの短いスカートに変わっているのだから。もっとも、下にはきちんとズボンをはいているのだが。

「まあいい。さあ、みんな、いつ連絡があるかわからないから、お互いに声の届くところで薬草採取だ！　では始めるぞ！」

ガーシュがそんな掛け声をかけなくても、始める人はさっさと始めているのだが、なぜかみんな楽しそうに散っていった。

「楽しそう」

ハルが微笑んだ。

「非日常だからね。魔物が来るなんて、子どもにとったら、こんなわくわくすることはないよ。特に男子はさ」

リクは苦笑している。

「さ、ハルとリクは訓練に行ってきて。薬草採取はもうみんな慣れているし、念のために私がついてるから」

「うん。お願いね」

「行ってくる！」

ショウはハルとリクが草原に駆けていくのを見送った。

本来なら、リクは魔物が来た時は家に閉じこもっているべきなのだ。治癒の力こそ、出会ってからの訓練でかなり身についたが、魔法についてはそれほど訓練していなかった。もちろん、剣の訓練をしたわけでもない。

それでも、サイラスと共に、アンファの町で、魔物の大発生を体験し、まがりなりにも魔物を倒して生き残ったのだ。

その胆力《たんりょく》は何にも代えがたい。

リクの魔法はやっぱり魔物を倒す役には立たないかもしれないけれど、魔物の気をそらすのには役立つかもしれないし、何より、無理をしがちなショウとハルのサポートに入ってもらえるのが助かるのだ。

草原の向こう側で、ハルよりだいぶ貧弱な炎の壁が立ち上がった。

「すげえ」

「リク、いいなあ」

それでも男子たちが立ち上がって、うらやましそうにリクのいるほうを眺めている。

「まずこのスライムをやっつけてよ」

「そうよ」

女子に怒られるところまでがお約束よねと、ショウは思わずクスッと笑ってしまった。

そして注意深く子どもたちを見ていく。

魔物が来るからとはしゃいで調子に乗る子はいないか。

いやいややっていて、集中力がなくなっている子はいないか。

そう考えている間にも、頭にはファルコとレオンの姿が浮かぶ。

魔物の群れがまっすぐ草原を下るように、そして町に気を散らさないように、群れに狩人たちがついてきているという。

北の町は、群れの最後についている。気を張りながらの、長い旅路だ。疲れているだろう。怪我はしていないか。心配は尽きないけれど。

「いけない。私が一番集中力を欠いてるよ。きっと北の町の優秀な治癒師がついてきてる。心配ない。北の町の英雄が二人だもん」

ガイウスもいるから、三人なのだが、それをショウは知らないのだから仕方がない。

「すげえ」

男子の声にリクのほうを見ると、今度は風を足元に撃ち込んだようだ。草や砂が舞い散っている。

「クロイワトカゲが町に来ないようにするには、炎で脅すか、風で押すか、どちらかだもんね。ハル、さすが」

ショウは腕を組んで自慢そうに頷いた。

「ほんとに仲がいいのねえ、ショウとハルは」

そこらへんからぴょこりと顔を上げたのはデリラだ。

「普通だよ、別に」

ショウはちょっと照れて組んでいた腕をほどいた。

「仲がいいわよ。照れなくてもいいのに。それにしても、リクの一族って本当に優秀なのね」

リクの一族とくくられると、なんだか不思議な気持ちなのだが、まあ、大雑把《おおざっぱ》に言えば、みんな日本人なんだから一族と言えなくもないのだろう。

「もともとリクが学校に来た時、ガーシュじゃないけど、なんだか私たちと違いすぎて、近寄りにくかったのよね」

「私は深森ではそんなことなかったけどなあ」

ショウはあっという間に深森の子どもたちに取り囲まれ、仲間に入れられたのだ。何ができるとか、どんな人かは後回しだったような気がする。

「で、いざ授業に参加したら、何でもすぐに理解するし、できるし、怒らないし、女の子にも優しいしね」

「そ、そうだったんだ」

「そりゃ男子は焦ったわね。なんとか対抗しようとして、でも歯牙《しが》にもかけられなくって」

デリラは思い出してくすくすと笑った。

「まあ、結局は友だちになりたかったんだと思うの。でも、リクにその気がないんじゃね」

リクの目には、平原の子どもたちは目に入っていなかったのだろう。友だちになりたかったのはサイラスで、サイラスと並ぶ大人になることばかり考えていたのだと思う。

「でもあなたたちと一緒にいるリクは、ちゃんと子どもに見えるのよね。年相応に」

それはつまり自分とハルが、子どもっぽいということではないかとショウは一瞬思ったが、だとしても別に問題はないと考え直した。もう一度生き直しているのだから、それでいいではないか。

デリラは、リクからアンファの方角に視線をずらした。

「でも、魔物、来ないといいわね」

「うん」

来ないでほしい。切実にそう思った。

しかし、もたらされた知らせは、予想もしないものであった。

次の使者で、魔物の動向がわかる。町の人たちがじりじりしながらも準備を進めていた時、その使者はやってきた。

やってきた使者は、すぐに教会に通され、町の重鎮《じゅうちん》の他に、導師とエドガー、そしてショウとハル、サイラスとリクも呼ばれた。みんなが集まっている昼の時間でちょうどよかったという感じだ。

「クロイワトカゲの群れはだいぶ小さくなったというのか」

使者の第一声を受けて、ガーシュの父親であるカナンの町長は安心したようにほっとため息をついた。

「少なくとも、はじめは今生きている人たちが見たことのない規模の群れでしたが、さすがに平原に入ったあたりから動きが鈍り始め、そうなったところで、群れを刺激しない程度に狩人が少しずつ数を減らしていったようで、カナンの近くにも群れはたどり着くでしょうが、おそらくクロイワトカゲでは大きな被害は出ないでしょうということでした。時期はおよそ三日後」

使者は一気にそう言うと、すぐに言葉を継いだ。

「それが一つ目の知らせです。そしてもう一つ、悪い知らせが」

使者は深森一行のほうに体を向けた。

「アカバネザウルスが出ました。それも三頭」

ひゅっと息を吸い込んだのはおそらくエドガーだ。

深森の子どもたちが何度も何度も聞かされる話。

三〇年と少し前、町を救った三人の英雄の話。

家一軒と同じ大きさのアカバネザウルスが三頭、北の町を襲った。建物も壊され、狩人も次々やられる中、身を挺《てい》して町を守った三人。

ガイウス。レオン。ファルコ。

アカバネザウルスが出たら、丈夫な建物の中にお逃げ。できれば地下室がいい。そうして、強い狩人が退治してくれるのを待つんだ。

すべてが終わるまで、決して外に出てはいけないよ、と。

ショウは気がついたら立ち上がっていた。

「離れられるなら、町から避難を。間に合わないようなら、なるべく頑丈《がんじょう》な建物の中に閉じこもって。できれば地下室がいい。薬師はありったけのポーションを用意して、それを使ってください。時間との勝負だから」

「ショウ」

「ノールダムからここまで飛んできたのなら、きっと弱っているはず。狩人が間に合わなければ、止められるのは私たちだけ。剣を、剣を取ってきます」

「ショウ、落ち着け！」

導師の大きな声にショウはびくっとした。

「英雄の娘だからといって、英雄の代わりに行動する必要はないんだ、ショウ」

「でも」

「この町にアカバネザウルスと戦える剣士は私だけだ。だがもちろん、私だって戦うなんて無謀《むぼう》なことはしない」

戦わない。導師のはっきりした言葉はようやくショウを落ち着かせた。

「もう少し詳しく話を聞こう。使者殿、続きを聞かせてくれ」

「はい。しかし、さすが英雄ファルコ殿の養い子。その判断の速さ、決断力には頭が下がります」

使者は本当にショウに頭を下げた。そして顔を上げると、すぐに話を再開した。

「今、北の町の狩人一行は、アカバネザウルスの動向だけを追いかけてくれています。だいぶ弱ってきたので、できればカナンの町にたどり着かないよう、どこかで仕留めておきたいとのことでした」

その場にほっとした空気が流れた。ショウも緊張が解けて、先ほどの自分を思い出し少し恥ずかしくなったほどだ。

「今回、ノールダムの町が早めの招集をかけてくれたおかげで、ノールダムに優秀な人たちが集まったらしいのです。普段は狩人だけなのだが、今年は魔術師も多く集まったとか。中でも、この間引退された魔術院の院長が来ていたおかげで、魔術師と狩人の連携で作戦を考えることができたとのこと」

動きはしなかったが、ハルが心の中で一歩引いたのをショウは感じた。ショウはハルの手を探して、ギュッと握りしめた。

「魔物が駆け抜けた草原は草も生えない荒野になり果てたが、狩人と魔術師のおかげで、途中の町や村にはほとんど被害が出ていないということです」

教会には今度こそほっとした空気が流れた。

そこにパンパンと町長が手を叩く音がした。

「だからといって、終わったわけではありませんぞ。すべてが終わったとわかるまで、今のまま警戒態勢をとり、各自、備蓄、ポーションの備えなど、ゆめゆめ怠《おこた》りないように！」

了解の声がし、その日は解散となった。

しかし、導師の合図で、深森一行と、サイラスとリクはその場に残った。

「本来なら大人として、ここで私はショウやハルを安心させるべきなのだろう。だが、私には懸念《けねん》があるのだ」

導師はゆったり座りながらも、そう話し始めた。

「私は三〇年と少し前、アカバネザウルスが出た時に、北の町にいた。当時から導師と呼ばれ、治癒の腕には自信を持っていたよ。今よりも若かったし、体力もあったしな」

導師はにやりとした。三〇年前と言ったら、今のガイウスと同じくらいの年だろうか。何かやんちゃなこともしていたに違いないという顔だ。

「アカバネザウルス自体は、数十年に一度、平原を除いた三つの領地のどこかに現れる。原因も何もわかってはいないが、確かに今回のように魔物が増える年に合わせて発生するような気がするな。うむ。これは後で考察してみねばなるまい。しまった、話がずれた」

導師は話している間に疑問を感じたようだが、頭を軽く振って話を元に戻した。

「三〇年前のアカバネザウルスは、北の森で発生したらしい。だが、発生したところが森の奥で、北の町に出てきた時には相当弱っていた。もしあそこが平原のように開けた土地で、町もなかったら、被害は出なかっただろうと思う」

ショウたちは固唾をのんで聞いた。導師の話は、おとぎ話のように聞かされた英雄譚《たん》とは違うものだった。

「北の森から北の町の手前まで降りてきた三頭のうち、空を飛んだものは一頭だけ。後はもはや飛ぶ体力もなかった」

ショウが想像していたアカバネザウルスは、火こそ吹かないものの、勝手に空を飛んで町を攻撃して回る飛竜だったから、この話には驚いた。

「しかし、想像してみるがいい。家一軒ほどの大きさの羽の生えたトカゲが、町の中で動き回ったらどうなる」

しっぽの一振りだけ、あるいは町の通りを進んでいくだけで、家々の壁は崩れてしまうだろう。

「狩人が何とか近寄って剣を当てようとしても、あいつらの羽が当たるだけで跳ね飛ばされてしまう。たったそれだけで骨を折ったものが何人もいて、ポーションも治癒師も追いつかぬほどだったよ」

そんな中で、どのようにファルコたちはアカバネザウルスを倒したのだろうか。

ショウの問いかけるような目に、導師は目元を緩《ゆる》めた。

「ショウ、見せてやりたかったよ。ファルコはな、アカバネザウルスの進む先を読んで、建物から屋根に上って、アカバネザウルスが近くに来るのを静かに待ったんだ。まだ二〇歳かそこらの若造《わかぞう》がだぞ」

若造がと言っているが、ファルコのことを誇りに思っていることがその表情から伝わってくる。

「真下に来た時に、剣を下に向けてそのまま屋根から飛び降りた。首の根元に一刺しだよ。魔物は暴れるでもなく、そのまま絶命した」

「かっこいい……」

思わずつぶやいたショウに、導師は優しく微笑んだ。

「なんであれだけ北の町で女性に騒がれるかわかったか?」

「うん」

ファルコのことを、ただの稼げる若い狩人だから人気なんだと思っていたショウは反省した。

「あの、レオンはどんなふうに?」

ここは養い子として、ハルも聞いておかねばならないだろう。

「レオンは正面からだった。町の通りの壁を壊しながら進んでくるアカバネザウルスを、正面から突き通したんだ」

ハルは祈るように手を握り合わせて胸に当てた。かっこいいよりも、よく無事に済んだということを感謝する気持ちのほうが強いのだろう。

「残ったのは、空を飛ぶ一頭のみ。ガイウスは、あいつは、魔法も使える狩人と連携してアカバネザウルスを町の外におびき寄せた。そして、たった一人、剣を構えて」

導師の声が少し震えた。

「舞い降りるアカバネザウルスを下から貫《つらぬ》いたんだ」

「つ、つまり家一軒分の重さを引き受けたということですか」

黙って聞いていたサイラスが、信じられないというように首を横に振った。

「剣で受け止めたということになる。もちろん、死ぬつもりなどなかっただろう。だが、どんなに避けてもその重さを受け止めるには、人は弱すぎるんだよ。すぐに治癒師総出で治療したが、砕けた膝だけはどうしても戻らなかった」

ひどすぎる損傷は、どんなにすぐに治療しても魂の記憶まで飛ばしてしまうことがある。もちろん、それで死ぬこともある。

「町は救われた。だが、狩人は何人か亡《な》くなったんだ。ガイウスは命が助かっただけでも運がよかった」

その後ショウの治癒でガイウスはほぼよくなったが、ショウの治癒でも、体幹部の損傷は治せないのだ。治癒は万能ではない。

「思わず昔語りをしてしまったが、私が言いたかったのはそこではない。弱っていても、アカバネザウルスほどの大きさだと、何があるかわからないということなんだ」

「動いただけで、町を破壊する魔物、ですか」

「そうだ、エドガー。瀕死《ひんし》の状態でもどれだけ体力が残っているか予想もつかない。弱っているとはいえ、少なくとも今、ファルコたちが倒せていないのであれば、まだ飛ぶ力は残っているということだ。つまり」

導師の言いたいことは何か。

「最後の力を振り絞って、狩人より先行して来る可能性があるということだ」

それが最悪の想定。

狩人は常にそれを考えて行動しなければならないのだ。

「ショウ、さっき私は嘘《うそ》をついたよ。すまなかったな」

「導師……」

「この町にいるただ一人の剣士として、私は町の外で魔物を待つ」

その場にやめろと言えるものは一人もいなかった。


しかし、カナンの町の者はやめろと言った。当たり前だ。

「建物はいくらでも直せます。だが、貴重な知識と技を持った導師は、あなたしかいないんですぞ！　最も失ってはならぬものではないですか！」

「ハハハ。念のため、念のためだ。現に草原の真ん中に出ようというわけではなし、町の入口の建物の陰からそっと様子をうかがおうというだけのことだ」

導師は、それがまるで毎朝の習慣であるかのように気軽に流した。

「作戦では、アンファ側の町の区画の住人は退避です。治癒師は分散して住人を担当する、何人かが教会の建物から見張る、この際建物は壊れても命には代えられぬと言ったのは導師です！」

「まあ、そうなのだがな」

ふっと導師は微笑んだ。

「まあ、依頼は達成した。魔物もたぶん来ない。ただ三〇年前、アカバネザウルスを見た私としては、今回もやつらを見逃したくないのだよ」

魔物はおそらく来ないだろうという、楽観的な予測もある。町の者はしぶしぶ折れ、到着予想から一日前、カナンの町の草原側の区画の者は、それぞれ割り当てられた農場や奥の区画に避難していった。


「何かあったら、ファルコとレオンに叱《しか》られるのは私なのだぞ」

「導師が深森の剣士としてここにいたいと言うのなら、私は治癒師として」

「私は魔術師として」

「俺は薬師として、ここにいたいです」

ぶつぶつ言う導師は、それでも、ショウたちがそばにいるのを許してくれた。

「いざという時は」

導師の言葉に、何度も言われたことを繰り返す。

「建物にぶつかりながらだと魔物が移動するのが遅くなるから、道をジグザグしながら建物の間を逃げること」

「子どもたちだけではないぞ。まったくなぜ治癒師や薬師がここに」

「いざとなったら、ショウやハル、それにリクを連れて逃げるためですよ。私たち大人の責任です」

結局、導師の他に深森一行も、リクとサイラスも、そして数人の治癒師と薬師もいて、導師の言葉に胸を張って答えた。

計画が変更になったから、リクの手助けがいらなくなったと告げる導師に、リクは必死で言いつのった。

「ショウとハルが頑張るのを、俺だけ見てるというなら、この世界に転生したことを一生後悔して生きることになります。俺、状況を冷静に見て、いざという時は引きずってでもショウとハルを連れて逃げるから！」

「私もです。どうかリクと共にそばにいさせてください」

サイラスもそう主張した。

こうして一行は、町の入口のあたりにある一番大きい店の二階に陣取り、アンファ方面の草原を順番に見張りながら、のんきにおしゃべりをしているのだ。

「予測通りなら、明日の昼前というところですから、今日は何もないですかねえ」

おそらく何もないとはみんな思っているのだ。あと三時間もあれば日は暮れる。夜の間は、基本的には魔物は動かない。

「待て」

誰も動いていないのに、なぜこういう時は待てと言ってしまうのか。

窓から草原を見張っていた薬師が、緊張した声を上げた。

「何か来る。なんだ。草原を見ているはずなのに、浮いて見える。草原よりやや上。鳥、か。並んで、二羽」

「見せてみなさい」

導師が立ち上がり、窓から外を見た。

「来た。やはり最後に力を振り絞ったようだな」

導師は腰のポーチから、鞘ごとすっと長い剣を取り出し、剣帯に納めた。

「まっすぐこちらを目指している。打ち合わせ通り、皆は早く逃げろ」

そう言い残すと、すたすたと階段を下りて、静かに建物を出た。誰も止める暇もなかった。

ショウは窓に駆け寄り、必死で草原のほうを見た。こちらに転生してから、目はよくなっているし、なんなら狩人暮らしのおかげで、遠くの物もよく見えるようになっている。

「ほんとだ。あれがアカバネザウルスかどうかはわからないけれど、確かに二体、こっちに来てる。

あ、導師が町の外に出る！」

ショウたちが戸惑っている間に、導師は一人でさっさと草原に出てしまった。

「よし、ではショウとハルとリクは避難だ。俺たちは導師が怪我をした時のために残る」

「ええ？」

ショウは町の治癒師の言葉に驚いて振り返ったが、大人たちはすでに相談して決めていたらしい。

ショウはハルとリクと一瞬目を合わせると、おとなしくエドガーの後をついて階段を下りた。


「あれ、サイラス、お前こそついていかないのか」

「いや、今行く。あんまり素直に下りて行ったから、戸惑ってしまって」

「確かに」

残った治癒師はおかしそうに口元を緩めたが、窓の外の導師から目は離さなかった。導師に何かあったら、すぐに駆け付ける。そういう覚悟だ。

「特にショウは、絶対一言言うと思ったが。あ」

「あ？」

「やりやがった。やっぱりおとなしすぎたんだ」

治癒師の言葉に、サイラスは急いで窓から外をのぞいた。

三人の子どもたちが導師の後を追いかけるように走っていく。

「そんなことだろうと思ったよ。じゃあ俺も」

「ああ」

残った治癒師も薬師も、半分は子どもたちの目付け役だった。彼らは彼らで、導師や深森一行を外したメンバーで、この緊急事態にどうするかを話し合っていたのだ。それは前日の夜のことだった。


「なんで導師は町の人と一緒に避難しないんだ」

戦わず避難しろと言っているくせに、自分はしない。それが一番の問題なのである。

「一番は、導師に薬を盛って、丸一日寝かせておくことなんだが」

「正直、そんな強い作用のある薬はない」

「次に導師を気絶させて」

「導師より強いやつはカナンにはいない」

「子どもたちを人質に取って」

「あの子たち、俺たちより強いし」

治癒師たちはため息をついた。

「なんで深森一行はあんなに意志が強くて行動的なんだ。俺たち、さんざん助けられて、今回だって避難計画まで導師が立ててくださったんだぞ。それなのに、なんで最後に彼らだけが危ない目にあおうとする？　四人とも、立ち向かうのがまるで当たり前のことみたいに」

「いや、深森の四人だけじゃない。おそらくリクもついていく」

「サイラス、お前親として止められないのかよ」

「一三歳の男が、そうしたいと決めたら、閉じ込めようがどうしようが抜け出して結局はやるだろう。町のため、女の子のためという大義があればなおさらな」

サイラスは仕方がないだろうというように手を広げている。

「導師が決めたことは止められない。導師を追いかける子どもたちを、俺たちが追いかけていざという時は力ずくで止める、それしかないな」

「いざという時の判断が難しいな」


そして実際、導師はさっさと行動し、案の定子どもたちはそれを追いかけ、それを陰から見守るカナンの町の人という構図になっている。

「俺は建物から状況を観察し、記録に残す係だが、何もできないのはつらいな……」

建物に残り、観察し、指示を出す人、その指示をもって走る伝令、導師を観察し見守る組、子どもたちを見守る組と、細かく担当が分かれている。

「おや、魔物がいったん止まったぞ」

かなり町に近づいたところで、魔物は草原に降りた。魔物の後ろを見ても、狩人の影も形もない。

「あの速さだ。今日一日あれで飛んでこられたら、間に合うわけがない。さて、このまま止まってくれないだろうか」

見張り役の願いもむなしく、いったん休んでいた魔物は、今度は明らかに町のほうを向いた。

「まずい！　完全に町に向かっている。町のみんなと、導師たちに連絡！」

「わかった！」

自分はぎりぎりまでこの建物で見張る。そして必要なら治癒に回る。見張り役は、遠目にも赤く見える魔物を、じっと睨《にら》んだ。


導師のいる草原に走っていくショウもハルも、そしてリクも、一番いいのは自分たちが後方に引っ込んで、守られていることだというのはわかっていた。

もし三人に何かあったら、ファルコにレオン、そしてサイラスがどれだけ悲しむことだろう。

しかし、同時に、ハルがこのあたりで、いや、この大陸全体でも有数の魔術師だということもわかっていた。また、ショウが思いついたコピーの治癒の技術は、導師よりもショウのほうが優《すぐ》れていることも。

また、二人には技術的にはかなわないにしても、リクの魔力量が多く、潜在的に魔法や治癒の力が高いことも明らかだった。現にカナンの町の治癒師の誰よりも、治療できる人数が多いのである。

ショウのコピーの治癒も実はできるようになっている。

「セイン様は一人で出るつもりだけれど、アカバネザウルスがもし三頭とも町に来たらどうするの？　一頭だけ減らしたら町は何とかなるの？　ならないでしょ」

前日に三人だけで集まった時、ショウはようやっと正直に胸の内を語ることができた。

「セイン様が怪我をしたとして、自分で自分の治癒ができる？　無理でしょ」

痛みの中、冷静に治癒することなどできるわけがない。

「そして、この町に私たち以上の治癒師や魔術師がいる？　いないでしょ」

「ショウ、全部自分で答えてたら、私たちのしゃべることがなくなっちゃうじゃない」

ぷんすか怒るショウに、ハルがあきれたように口を挟《はさ》んだ。

「ごめん。でもセイン様、勝手なんだもの」

さすがにショウもちょっとしゃべりすぎたと反省した。

「それはそうだよな。導師とはいえ、さすが深森の人だと思ったよ。一番常識人かと思ってたのに、一番無茶な人だったなんてな」

「深森がっていうところが気になるけど、まあその通りだよね。そういう人だとわかってたから、やらかすんじゃないかと思ってたよ」

ショウがため息をつくと、ハルも大きく頷いた。

「で、やるのか」

リクが問いただした。

「やる」

「私もやる」

ファルコやレオンだけでなく、導師も止めるだろう。だが、そうしなければならなかったと言えば、きっとわかってくれる。

「じゃあ、俺も」

ショウは本当はリクを連れ出したくはなかった。でも、もし自分がリクの立場だったら、絶対に残されたくないということも理解できた。だから止めない。

「じゃあ、アカバネザウルスが一頭の時、二頭の時、三頭の時と場合分けして作戦を考えるよ」

三人は力強く頷くと、頭を寄せ合った。


そして三人は今、大人を振り切って草原に走りながら、作戦を確認しあっている。

「アカバネザウルスが二頭のパターンだよ！」

ショウが叫ぶと、ハルが答える。

「ショウと導師が一頭で、私とリクがもう一頭だね！」

「魔物が飛んでいたら、羽を狙《ねら》ってまず魔物を落とす！」

「飛んでいなかったら、なるべく離れたところから魔物に魔法を撃ち込んで、町から気をそらす」

飛びさえしなければ、地面を動くスピードはそう速くないと聞いている。何とかちょこまか動き回って、気をそらせるしかない。

「倒せればいいけれど、たぶん無理だから！」

「夜を待つ！　長期戦覚悟だな！」

確認は終わった。導師もすぐ目の前だ。

「見ろ！　飛んでる！」

リクの声にショウの指示が飛ぶ。

「二体飛んでいる時は一体ずつ！　右側の右の羽を狙うよ！　リクは顔を！」

三人に気づいたのか驚いた様子の導師が一瞬振り返ったが、かまってはいられない。

まだ遠くだが、そんなことを言っているうちにあっという間に近くに来てしまう。

「「「炎よ！」」」

大きくて高熱の炎が二つ右の羽へ、それより小さい炎が、低いところを滑るように飛んでいたアカバネザウルスの顔に当たった。

「グギャア！」

叫び声をあげて魔物は体勢を崩すと、そのままズザザッと草原に落ちた。

もう一頭が驚いたように少し先の、導師の近くに着地した。

「よし！　できれば一つの羽を完全に駄目にして！　私は導師のほうに行く」

「気をつけて」

「二人もね」

ショウはそのままの勢いで導師のほうに全力で走った。一三歳の息切れしない体力に、この時ほど感謝したことはなかった。

「セイン様！」

「あれほど来るなと」

導師は一瞬目をつぶると天を仰《あお》ぎ、それから剣を鞘に戻すと手を前に出した。

「ショウがいるなら、まず二人で魔法を使って羽を叩く、だな！」

「はい！　行きます！」

アカバネザウルスをよく見ると、長い距離を移動したのがはっきりとわかるほどボロボロだった。

だが同情はしていられない。

「この位置からなら」

「左の羽だな！」

今度は二人、しかし導師はそれほど魔法が得意なわけではない。

ショウは魔力切れにならないよう、それでも最大に近い魔力を込めた。

「「炎よ！」」

ボロボロになった羽をさらに二人の炎が焼いていく。

「ギャウ！」

ノールダムを出た時はこのくらいの炎では傷つきもしなかっただろう。しかし、大陸を半分横切ったアカバネザウルスはもう弱り切っていて、その羽はたやすく傷ついた。

この二頭は、もう飛べないだろう。

しかし、二頭の目は、大きな魔力を発した子どもたちをしっかりととらえていた。

導師は鞘に納めていた剣をもう一度抜いた。

「私の魔法は一度撃つのがせいぜいだ」

「わかっています。あとは私たちに引き付けて、少しでも町から離しましょう」

その時、アカバネザウルスがショウと導師のほうに動いた。

二人はまず町と並行するように逃げ出した。

「ちっ！　案外早いな。町中は障害物があったから遅かっただけか！」

片方の羽を引きずりながらドスリドスリと二人を追ってくるアカバネザウルスは、大きいだけあって、ゆっくりに見えても一歩が大きく移動が速い。

「セイン様、二手に分かれましょう」

「しかし」

「セイン様は動かない羽のほうから攻撃をしてください。私は反対から魔法を撃ち込みます」

「わかった」

そこで二手に分かれた二人に、アカバネザウルスは一瞬戸惑ったようだが、すぐ魔法を撃ったショウのほうに体を向けた。

向けたとたんに反対側から導師が剣で切りかかる。驚いて気がそれたところに、ショウが魔法を撃ち込む。

草原の向こう側では、ハルとリクが。こちら側では、導師とショウが。踊るように、跳ねるように。そうして少しずつ魔物を町から遠ざけていく。

ショウはちらりと空を見上げた。あと少しで日が暮れる。夜になれば、魔物は動かなくなる。

しかし導師はもうかなり疲れているし、ショウも節約して魔法を使っていたが、魔力がほとんどない。二人とも肩で息をしている状態だ。

ショウの気持ちが少しそれた瞬間、アカバネザウルスがぐらっと倒れかけた。疲れ切ったところをちょこまか動かされて、魔物ももう限界だったのだろう。

その隙を見逃さず、導師がアカバネザウルスの横腹に剣を突き刺した。

「グギャア！」

魔物は断末魔《だんまつま》の叫び声をあげて、ショウのほうに傾いた。

避けなきゃ、と頭が思うがとっさに体が動かない。

距離があるから大丈夫、大丈夫。

ショウは言い聞かせながら、魔物が横倒しになるのをまるでスローモーションのように感じていた。

どすんと、地響きをたてて倒れこんだアカバネザウルスの周りに、枯れ草交じりの土ぼこりが舞った。

待って。

ショウは魔物が倒れる前に見たものが見間違いであってほしいと右手を伸ばした。

アカバネザウルスが最後に振り切った尾は、何も跳ね飛ばさなかったのだと。

宙を舞って落ちたのは、決して導師ではないと。

「セイン様、セイン様」

足よ動け、動け。何のために自分はここにいる。私は治癒師、導師を癒すためにここにいるのだ。

ショウはぐっと立ち上がった。

一歩、一歩と、魔物の向こうを目指す。

「ショウ！」

ハルの声がする。導師までもう少し。

「ショウ、魔物がまだ！」

背中で何か動く気配がする。ショウは倒れる導師の横に膝をついた。

「セイン様」

なぜローブのこっち側がへこんでいるのだろう。

「ショウ！」

私を抱き上げて、膝に乗せてくれた。

「逃げて！」

温かい手がなぜないのだろう。

「セイン様、今、治癒するからね」

導師の頬に手を当てて、治癒の光を流し込む。

女神の、力を。

「ショーウ！」

第六章　迎えに

「ふざけんな！」

ショウは叫んで起き上がった。

「あれ、私なんで怒ってるの？」

ふらりとめまいがして、ショウはそのままぽすりと仰向けに倒れた。

「あ、いつもの宿のベッドだ、これ」

つまりここは、ハルと一緒に使っているカナンの宿の部屋だ。

「カナンの宿。カナン？」

確かほとんど夜になりかかっていて、でも今、窓から明るい光が差していて。

「セイン様！」

思い出した！　ショウは起き上がって導師に会わなければと思ったが、ぐにゃりと崩れ落ちた。

「ショウ！」

バーンとドアが開いて、息を切らしたファルコが駆け込んできた。

「ショウ！」

「ぐえー」

体に力が入らないのに、ファルコにしがみつかれてさんざんなショウである。

「ショウ！」

「目が覚めたのか！」

「ショウ！」

ハルをはじめ、部屋には次々と人がやってきた。リクもいる。レオンもいる。

「そうか、北の町の狩人は戻ってこられたんだね……」

「無茶しやがって！」

「わああ、揺らさないで」

ファルコがショウの肩をつかんで怒鳴《どな》るので、ショウはふらふらした。

「いいかげんにしろ、ファルコ。心配なのはわかるが、単なる魔力切れだって言われてただろ」

ファルコをたしなめるレオンを見て、ああ、日常が戻ってきたんだとショウはほっとした。

「休んだだけじゃだめだ。さ、飲み物と軽い食事を持ってきたよ」

部屋の入口から、人をかき分けて入ってきたのはアルフィだ。

「え？　アルフィ？　なんでここに」

「さ、ファルコ、どいて。魔力切れは食べないと治らないの、知ってるだろう」

アルフィの言葉にファルコはしぶしぶショウから離れた。が、すぐ隣に座って、ショウの腰に手を回している。

「アウラも来ているよ」

「アウラも」

ショウの顔がぱあっと明るくなった。

「さあ、みんな一回外に出て。食事が終わって元気になったらちゃんと下に連れて行くから」

アルフィの指示に、ハルとリクを除いた全員が外へ出て行った。

「ファルコもだよ」

「俺はいいだろう」

「ダメ。治癒師だけでする話があるんだ」

ファルコは行儀悪く舌打ちすると、仕方なさそうに部屋を出て行った。

「あれで大人なんだから、困ったもんだよ」

アルフィが肩をすくめ、ショウに食べるように促した。

ショウはまず水を飲んだ。のどが渇いてたまらなかった。

アルフィがすぐに水差しからお代わりをついでくれる。

「さ、パンを一口、そう、スープもね」

ショウが勢いよくもぐもぐし始め、食後のお茶まで飲み干すと、アルフィは初めてハルとリクに目をやってもう大丈夫だというように頷いた。

「俺とアウラさ、今年のノールダムの狩りに、先発隊としてついていったんだよ」

「そうなの。頑張ったね」

「うん」

唐突《とうとつ》に始まった話に、ショウは戸惑ったが、頑張っている友だちの話が誇らしくもあった。

「で、大発生した魔物に、俺は北の町の治癒師として、アウラは補給部隊として、ずっとついてきてたんだ」

「ほんとに！　それはすごいよ。大人だって大変だったと思うのに」

「偉いよな。すごく役に立ったんだぜ」

アルフィは遠慮することなく、自慢してみせた。でも、すぐに表情を寂しいものに変えた。

「けど、最後は間に合わなかった。アンファを過ぎて、次の日にはみんなで仕留めようと言っていた日、アカバネザウルスは急に飛び立った。馬で走っても追いつかなかったんだ。それが昨日のこと」

「昨日」

そうだ、そのアカバネザウルスと戦ったんだ。

ショウはハッと顔を上げた。

「アルフィ、導師は。セイン様は！」

「生きてる。大丈夫、生きてるよ」

「女神が役に立ったんだ……」

ショウはまさか自分が女神に感謝する日が来るとは思わなかった。

ハルもリクもしっかり頷いている。

アルフィに代わってリクが説明を始めた。

「何とか日が暮れるまで、魔物を引き付ければいい。倒そうなんて思っていなかった俺とハルは、途中からずいぶん慣れて、魔力も体力もなんとか切れずに魔物と向き合えたんだ。最初は怖かったし、どうしてもハルに頼ってしまったけどね」

「リクがいたから本当に楽だった。でも、ショウのほうはそうはいかなかったんだよね」

ショウも導師と連携を取ってうまくいっていたはずだ。

「魔物に直接近寄って攻撃する導師のほうが、どうしても危険だし緊張する。こう言っては何だけど、お年もお年だし、戦闘が長くなってきたら、どうしても動きが鈍くなり、限界が近づいているのが目に見えてたんだ」

ショウはその話を聞いて驚いた。導師の様子に、まったく気がついていなかったのだ。

「やっぱり、剣で傷ついていたのが大きかったんだろう。ショウたちのアカバネザウルスのほうが弱ってて、今にも倒れそうになってた。で、たぶん、導師は焦ったんだよ、最後に」

「焦った?」

「もう少しだけ乗り切れば日が暮れていたのに、とどめを刺しにいってしまったんだ」

だから最後のあがきで、アカバネザウルスが思いもかけない動きをしたのだ。

ショウはアルフィを見上げた。

いつもの、落ち着いた静かな目だ。

ショウは、あの時自分の残る魔力をすべて使って治癒の力を呼び込んだはずだ。だが、治癒したという記憶がない。

そして覚えている。導師の左手が、おそらく失われていたことを。

「導師は、生きてる。じゃあ、左手は？」

ショウは静かに問いかけた。

アルフィは黙ってショウを見ている。ショウの心が、不安に揺れ動いているのを見て取り、話していいかどうか考えている。

「大丈夫。私は治癒師だよ、アルフィ」

「わかった。ちゃんと聞いてね」

アルフィは頷くと、座っていた椅子をベッドに寄せて、ショウの手を握った。

「損傷がひどく、左手は戻らなかった。ショウは気づかなかったようだけど、左足もだ」

ショウは思わず目をつぶった。体から血の気が引いていく。

「ほら、ショウ、ゆっくり息をして。吐いて、吸って、ゆっくり吐いて」

こんな時なのに、ショウはほんの少し笑ってしまった。

「やっぱりアルフィのほうが治癒師らしいや」

「当たり前だろ。ショウは年少。俺は正式な見習い。先輩だぜ」

目を開くと、アルフィが優しくショウを見ていた。

隣のベッドに座ってショウを心配そうに見ていたリクが、

「ここからは俺が話すね。その場を直接見ていたのは俺とハルだから」

と話を引き取った。

「導師が跳ね飛ばされ、ショウが導師のもとに歩み寄ったのが見えた。その時、アカバネザウルスはまだもがいていて、ショウも導師もそれに巻き込まれるところだったんだ。ハルが必死に叫んだんだけど」

「そういえばハルの声がした気がする」

「聞こえてはいたんだね。あの時、ショウは反応しなくて、でも俺らも動けなくて。けど、間に合ったんだ」

なにが間に合ったのだろう。ショウは首を傾げた。

「ファルコとレオン、そしてガイウスが間に合ったんだよ」

リクは嬉しそうに話してくれた。

「俺たちがあんなに苦労したアカバネザウルスを一閃《いっせん》だ。弱っていたとはいえ、見事なものだったよ」

「それで私は助かったんだね。でも、セイン様は……」

ショウは首を横に振った。

「ショウは治癒を始めてすぐ倒れてしまっていた。でも倒れた時には、様子をうかがっていた治癒師と薬師が待ちきれずもう到着してて、すぐにポーションもありったけ使って治癒が始まった」

「それなら、どうして？」

怪我をしてすぐに治癒をしたのなら、なぜ腕と足は戻らなかったのか。

「損傷がひどすぎたんだ。俺たちカナンの町の治癒師にはわからなかったけど」

リクはアルフィを見た。今度はアルフィの番だ。

「導師はもしかしたら、あの瞬間、一度亡くなっていたかもしれないんだ。それほどひどい損傷だった」

体の一部がちぎれ飛んだ衝撃だ。死んでいてもおかしくなかったという。ショウは思わず片手を口に当てた。

「おそらく、ショウの治癒が命をつなぎとめた。そしてその後の町の人の懸命な治癒が、残った命が流れ出るのを食い止めたんだよ。だけど、失われた手足までは戻らなかったんだ」

アルフィの言葉は淡々《たんたん》と事実だけを述べていて、悲しみも苦しみも込められていない。だが、導師のことを、ただただ父親のように慕《した》っているショウよりも、毎日一緒に治癒師として過ごしているアルフィのほうが、よほどつらいに違いない。

「けれど、ショウ」

うつむいていたショウは、アルフィの言葉に顔を上げた。

「今この瞬間に、俺とショウがカナンにいることに、感謝しよう」

アルフィの目は、俺たちにならできるだろうと言っていた。アルフィがショウの手を握り直した。

最近忘れていた、アルフィの治癒の力が流れ込んでくる。ショウの治癒の力とよく響きあう、穏《おだ》やかで温かい治癒の力だ。

「アウラを治癒した時、揃《そろ》っていたものが、ここにもある。同じだけの治癒の力、同じだけの豊富な魔力量、そして、俺たち二人とも導師をよく知り、敬愛していること」

「うん。うん」

ショウはアルフィの手を握り返した。

「ショウの治癒は理論上は四肢《しし》の欠損も癒すことができるはずだ。ただし、俺はやったことがない」

「私もやったことはない」

ハルとリクがそれを聞いて不安そうに身じろぎしている。

「カナンの人たちは皆、命が助かっただけで十分だなんて話をしてる。それはその通りなんだけど、俺は納得はしていない」

「うん」

「導師なら片手片足でも、治癒の仕事を辞めようとはしないだろう。ならば俺たち弟子にできることはなんだ」

「導師が、治癒の技を存分に発揮できるように、治癒すること」

再会してから初めて、アルフィは晴れ晴れと笑った。

「導師はまだ目を覚ましていないんだ。ショウも休んで、早く体力を取り戻しておいて」

「うん。じゃあ、ハル」

今まで黙って成り行きを見ていたハルが、急に声をかけられて慌てている。

「お茶のお代わりと深森《ふかもり》のお菓子、もらってもいい？」

「うん！」

ハルは座っていたベッドから元気に立ち上がった。こんな時は少しでも人の役に立ちたいものなのだ。それをわかっていて、ショウはハルにできることを頼んだ。

「さて、ドアの向こうでじりじりしている人も呼ぼうか」

「やっぱり？」

ショウはうんざりした顔をしたが、心は弾んでいる。

「俺は導師に付き添うから。また食事の時に」

「ありがとう、アルフィ」

アルフィは口に人差し指を当てると、そーっとドアのところまで移動した。そしてドアをさっと開けた。

どさどさっ。

「もう、ほんとに」

ショウはあきれるしかなかった。折り重なるように倒れていたのは、ファルコとレオンとそして。

「サイラスまで……。俺は何ともないのに」

「レオンもでしょ。私も話に参加してただけなのに」

これが日常である。久しぶりにショウは、息を深く吸えたような気がした。


導師の様子も見に行きたかったが、導師の治癒にちゃんと取り組むなら、まずショウ自身の体調が万全でなければならない。魔力を使い切っただけでなく、三時間近く魔物と戦っていたショウは、自分で思っている以上に疲れ果てていた。

「起きた時明るかったから、ほとんど夕方になってたとは思わなかったよね」

「ほぼ丸一日寝てたんだぞ。皆心配していたんだ」

ファルコはもっともらしいことを言ってショウに付き添っているが、他の人のことなんてたぶん見ていない。自分が心配していただけだろうとショウはおかしくなった。

「ちょっと体を起こしていたい」

「ダメだ。寝てないと」

ショウはさっき食事をしておやつまで詰め込んだ後、何となく具合が悪くてまたベッドに寝転がっていた。が、それはおそらく食べすぎだろう。さすがに寝すぎて背中が痛くなってきた。

「ファルコに寄りかかることにするから」

「それならいい」

ファルコはさっと意見を変えると、いそいそとショウを起き上がらせ、自分もベッドに乗り上げて、ヘッドボードによりかかり、ショウを抱え込んだ。

季節は夏だ。ちょっと暑いんだけどなあと思いながらも、背中から伝わる体温に癒される気持ちがした。

昨日、自分たちが逃がしたアカバネザウルスがショウを襲おうとしているのを見た時、ファルコはどんな気持ちだっただろうと思う。

なんとか倒しても、そこに見たのは導師と一緒に倒れていたショウだ。

大丈夫だ、ただの魔力切れだと言われても、心配でおろおろしていたことだろう。

それでも、そのことについて何も言わず、こうしてただそばにいてくれる。

温かい。

いや、重いな。

背中から、すーすーと規則正しい寝息が聞こえる。

一晩中起きていたんだろうな、と、おもわずふふっと笑ってしまった。

「ん、ショウ」

それでファルコが起きてしまったようだ。

「ファルコ、ちゃんと寝よう」

「ショウ」

そんな不安そうにしなくても大丈夫。

「そばにいるから」

「それならいい」

ずるずるとベッドに伸びたファルコのお腹に、冷えないように肌掛けをかけて、とんとんと叩く。

「夏の狩りの時みたいだ」

ファルコは半分目を閉じている。

「うん」

「ショウがいなくて、寂しかったんだ」

「うん」

とんとんと。自分で起こした優しい響きは、ファルコの目だけでなく、ショウの目も閉じさせた。

ショウの手がぱたりと落ちて。

二人で、夕ご飯の時まで眠り続けたのだった。

あきれた顔のハルに起こされたショウは、とりあえずお風呂《ふろ》に入らせてもらい、さっぱりしてからゆっくりと下の食堂に下りて行った。もちろん、ハルがあきれていたのはショウと一緒に寝落ちしていたファルコにである。ファルコはさっさと部屋から追い出されていた。

疲れてはいるが、ふらつきもしない。使い切った魔力も、だいたい回復している。ショウはしっかりとした足取りで階段を下りた。

もう食事は終わる時間で、すいているはずの食堂は、なぜか人がいっぱいで熱気に満ちあふれていた。

その中の一人が階段を下りてきたショウとハルに気がついた。

食堂がしんと静まり返り、全員が一斉に立ち上がった。

「え、何。怖い」

ショウは驚いて思わずハルの腕にしがみついた。

立ち上がった人たちが、次々と片膝をつき、頭を下げていく。

「こんな習慣あった?」

「しーっ」

ショウはハルにちょっとたしなめられた。

「私だって、昨日これに耐えたんだから、ショウもちょっと我慢して」

「ええ?」

顔を上げて立ち上がると、ショウのそばにすたすたとやってきたのはガーシュのお父さん、つまり町長だ。

「ショウ。町の代表として、お礼を申します。ありがとう」

短い言葉だったけれど、実感がこもっていて、いろいろ言葉を飾り立てるより気持ちが伝わってきた。

でも、治癒師と薬師の他は、魔物と戦うショウたちのことは見ていなかったはずなのだ。町に被害もなかったはずだし、とショウは不思議に思った。

「どうして知っているのかという顔だね。君たちは本当に謙虚《けんきょ》だ」

隣を見るとハルが照れくさそうな顔をしていた。ハルも昨日、同じように思ったに違いない。

「昨日はすぐ夜になったから、話を聞いただけだったが。今日は町のほとんどの人が、倒れている魔物を見に行っていたに違いないよ」

町のすぐそばに、家のような大きさの魔物が二頭。

最後に倒したのは深森の狩人だけれど、彼らが間に合ったのは、魔物と二時間以上戦ってくれた人たちがいたから。

その人たちは深森一行と、自分たちの町のリクだったという話は、その実物を見た後では驚きと信ぴょう性を持って広まったらしい。

実はクロイワトカゲも、町から見られるところまでは来ていたらしく、それを見に行った人たちもいたという。

「それで、倒されたアカバネザウルスは、一頭は検分のために中央に持っていかれるが、一頭はこの町で消費してよいと狩人たちから話があってな」

まさか、みんなが集まっているのは。

「君たちにお礼を言いたい、会いたいというのもあるが、アカバネザウルスのステーキを食べられるというのもあってだな」

その頃には全員立ち上がって、楽しそうにテーブルについていた。

ショウはおかしいやら、ほっとしたやらで思わずハルと笑いあっていた。

「さ、嬢ちゃんたちが倒したアカバネザウルスだよ！」

スライスした焼き肉が山盛りに盛られている大皿がドン、とテーブルに置かれた。

何ともたくましい。

筋張っているかと思ったアカバネザウルスのステーキは、少し硬めで、癖《くせ》のある味だったけれど、それがとてもおいしいと大評判だった。

やがて食事も済んだ頃、二階から静かにアルフィが降りてきた。

まだ二〇歳にもなっていない、この小柄な見習いの治癒師は、終始《しゅうし》穏やかで落ち着いているように見える。導師のひどい怪我でパニックになっていたカナンの人たちも、きっとアルフィの冷静な態度に救われたんじゃないかなとショウは思う。

そんなアルフィは見かけによらず一途《いちず》で熱い人だ。

にぎやかな街の人たちを穏やかな笑顔でかわすと、

「ショウ、ハル、そしてリク。導師が目を覚ましたよ」

それだけ言って、二階に戻っていこうとした。

「うん」

「わかった」

ショウとハルは立ち上がってアルフィにすぐさま続いたが、途中でリクがついてこないことに気がついた。

「リク？」

来ないのと視線で問いかけると、ぽかんとしていたリクは慌てて立ち上がった。

「俺もなの？」

「うん」

「今リクって言われてたでしょ」

ほぼ部外者の自分がついていっていいのかと、不安に思っていたリクの気持ちはあっけなく吹き飛ばされた。

「行ってくるね」

「ああ。しっかりな」

なにがしっかりなのか、サイラス自身もわからなかったと思うが、そう声をかけられてリクは食堂から送り出された。

アルフィはとんとんと、部屋のドアを静かに叩くと、返事を待つことなく、

「入ります」

とだけ断ってドアを開けた。

弱く灯《とも》された明かりのもとに、導師が目を開けて横たわっているのが見えた。やはりひどく顔色が悪い。そばにはエドガーが付き添っていた。同じく顔色が悪い。

「セイン様」

ショウが思わず呼びかけると、導師はゆっくりとショウたちのいるほうを見て、ほんの少し目元を緩ませた。

思わず走り寄ると、導師は布団の上に出していた右手をゆっくりと上げて、ショウの頬に当てた。

「泣くことはあるまい」

「泣いてないもん。今日は暑いから」

反射的に答えたショウは、自分が涙を流していることにやっと気づいた。

「生きてた。セイン様、生きてた」

「ハハハ。死んだかと思ったがな。我ながら無茶をしたものだ」

「本当です」

ショウがちょっと拗《す》ねたように答えると、その声の調子に安心したのか、ハルもリクもおずおずと導師のそばに近寄ってきた。

「ハル、リク。戦いの合間に目にしたそなたらの働き、本当に見事だったぞ」

一番の怪我人が一番偉そうにしていることがおかしくて、ショウは思わずクスッと笑ってしまった。それでも、導師の失《な》くした手足が気になって、ちらりとベッドを見てしまう。

「アルフィから、自分の現状については先ほど聞いたよ」

導師はまるで世間話をしているかのようだった。

「町の代表から感謝もされたが、そんな必要はないのにな」

ふっと笑った導師は、そのせいでどこかが痛んだのか少し顔をしかめた。

「セイン様！」

「ショウ、大丈夫だ」

心配するなと言い聞かせた導師は、ぽつぽつと自分のことを語り始めた。

「私はね、本当は剣士にもなりたかったし、魔術師にもなりたかったんだよ」

ひっそりと横に座っていたエドガーが、はっと顔を上げた。

「ハハハ、エドガー、薬師になりたいとは思わなかったが」

自分には強い魔力も、治癒の力もないからと言って、ショウたちをサポートする側に回っていたエドガーは、今回、何とか逃がすはずだったショウたちの救助が間に合わなかったことに激しく落ち込んでいた。

危ないと思った時には、草原に走り出していた。でも、魔物がショウを跳ね飛ばそうとするのには間に合わず、結局北の町の狩人がショウを助けたのだ。

自分に力があればと、剣士でも、魔術師でもいいからと、強く思ったに違いないのだった。

だから導師が同じように思っていたと知って、はっとしたのだろうと思う。

「だから治癒師でありながらも、剣士の訓練は続けてきたし、実際ノールダムでも役に立っていただろう」

「はい、セイン様」

アルフィがなだめるように返事をした。

「ハルの魔術を見て、まだ自分にもできそうなことがあると思った時は嬉しくてな。今回、ショウと一緒に放った炎の魔法は楽しかったなあ」

「楽しくはなかったですよ、セイン様。まったくもう」

大きなアカバネザウルスは、怖いだけだった。ショウはすくむ足を何とか励まして、やっと攻撃できたのだ。

「治癒師としてではなく、剣士として戦えた。本当に楽しかった」

まだそんなことを言っている導師に、ショウは怒っていいのか泣けばいいのかわからなかった。

「だが、慣れぬことをするから、焦って痛い目を見たのだな」

導師はなくなった自分の手足に目をやった。

「アルフィから、左手左足がなくなったと聞いて、それでも生きていればまだ治癒の仕事はできるだろうと思ったのだよ」

いかにも導師らしい言葉に、みんな何と言っていいかわからなかったが、アルフィが首を横に振った。

「セイン様、しゃべりすぎです。体力を消耗《しょうもう》しないように、今日は休みましょう」

導師はアルフィの言葉が、まるで聞こえなかったかのように話し続けた。

「でも、できないんだ。魔力が体をうまく回らない。左手と左足で、滞《とどこお》ってしまう。滞ってしまうと、治癒の力が引き出せない」

「セイン様」

「私はどうしたら」

「セイン様！」

常にないアルフィの強い言葉に、導師もはっとして言葉を途切れさせた。

「セイン様、俺たちがいます。あなたの優秀な弟子である、俺とショウが」

ショウは導師の右手をそっと握り、その手をアルフィが両手で握った。

導師はそっと目を閉じた。

「お前たちの癒しは、いつでも温かいな」

「今日は休んでください。治癒のためにも体力を戻さないと」

「ああ」

導師はそのまますっと眠りに落ちた。

アルフィは導師とショウの手を握ったまま、宣言した。

「こんなセイン様は初めて見る。長引かせるとまずい気がする。ショウ、明日だ。明日には治癒を試す」

「うん。今日はしっかり休んで、できるだけ体力を戻しておくよ」

「俺もだ。エドガー、すみませんが」

「今日は俺が、しっかり見ておくよ」

エドガーが決意を込めて頷いた。

思ったより早かったが、治癒は明日に決まった。

アルフィとエドガーはそのまま部屋に残り、ショウとハルとリクはそっと廊下に出た。いつもの導師のようでいて、いつもの導師ではなかった。ひどい怪我の反動なのか、とにかくはしゃいでいて、それがショウには怖さとして感じられ、夏なのに背筋がひんやりとした。そんな中、リクが途方に暮れたように言った。

「俺、こうしてみんなについて回って、何か意味があるのかなあ。導師の治癒にも何の役にも立たないのに」

確かに元気な時の導師を知っているからこそ、そして直接治癒にかかわらないからこそ、見ているだけの自分に戸惑いを感じるのだろう。それに、リクはアルフィのことを知らない。

「あのね、アルフィはね」

ショウは小さい声で説明した。部屋に戻ってちゃんと説明してもいいのだが、ショウだけでなくハルもリクも疲れている。手早く済ませたい。

「リクに期待してるんだよ。この町の治癒師たちはとてもまじめだけど、魔力量とセンスがない。それは怪我をした導師に対応しきれなかった治癒師と薬師を見てすぐにわかったんだと思う」

「でも、俺、治癒師になるって決めたわけじゃない」

この嵐のような状況の中で、リクの心は取り残されていたかもしれない。もともとサイラスの跡を継いで、自分の豊富な魔力で荒れ地を癒していくことしか考えていなかったのだろうから。

それが急に治癒の力を今以上に身につけろと急《せ》かされるようになったのだ。戸惑いもするだろう。

「こんなひどい怪我を治すことは、ここらへんではありえないかもしれない。だから、誰か一人でも、その経過を最初から最後まで見ている経験を持つべきだと思うの。それが、他人よりも私とハルに近いリクであってほしい。私自身がそう思うから」

アルフィが思っているだけじゃない。自分もそうしてほしいのだとショウは伝えた。

「覚悟ができなかったら、無理しなくていいよ」

「俺は……」

「明日まで考えて。アルフィには何も言われなかったけど、たぶん、明日、朝食後。導師が余計なことを考えて悩み始める前に、終わらせる」

ショウは厳しい言葉を和らげるようににっこりすると、リクの肩をポン、と叩いた。

「先に部屋に戻るって、ファルコに伝えてくれる？　私ももう休むね」

ショウはもう、リクを見なかった。頭は明日のことでいっぱいだったのだ。


「悩んで、迷ってばかりで、俺、情けない」

とぼとぼと廊下を歩いていたリクは、一階の食堂の声が聞こえる、階段の手前で立ち止まった。悩んだ顔で、みんなの前に出たくないのだろう。

「リク」

ハルも、ショウと同じようにリクの肩をポンポンと叩いた。

「普通できないし、そんなにやることを求められないよ。私でさえ、アルフィには驚いてるくらいなんだから」

二人で壁に寄りかかる。ここなら一階の喧騒《けんそう》に紛れて、二人の声は誰にも聞こえないだろう。

「導師だけじゃない。ショウだって死にかけたんだよ」

ハルの声はいつもより低い。

「ああ。俺は声すら上げられなかったけど、ハルの声に耳を貸さず、ショウが導師のそばに歩いていくのが、恐ろしかった」

　魔物がまだ動いている中、それに気づくことなく死に向かって歩いていく友に、何もできないつらさは、リクも同じだったのだろう。その時、魔物にとどめを刺したファルコがどんなに輝いて見えたことか。

「アルフィは、ショウのことをよく知ってる。昨日の活躍を聞いてもなお、丸一日休めばショウの体力が全回復することを知ってる。そして、導師のことなら命を懸けても治癒するだろうということをわかってる。わかって、迷わずやらせようとしてて、そして、ショウは迷わずそれを受けてる」

　ハルの声は、低いままだ。

「私はそれが苦しくてたまらないの。ショウをどれだけ高みにのぼらせれば気が済むの？　できるからと言って、どうしてショウに何でもやらせようとするの？」

「ハル」

「ねえ、リク。私わかってるんだ。アルフィが言い出さなくても、ショウから言い出しただろうって。それでも、やらせたくない」

　一人の少女に背負わせるには大きすぎる責任だとハルは思うのだ。

「そう思うくらいだもの。ほとんど同じくらいのことを求められてるリクのことだって、大変だなあと思ってるよ」

「おお、俺のこと？」

「うん。ついショウのことで熱くなっちゃったけど、リクのこと」

リクだって、無茶ばかり求められているとハルは思う。

「俺、やるべきだって頭ではわかってるんだ。けど、ちょっと心が追い付かなかったみたいだ」

「そうだよね」

転生して、のんびり暮らすはずではなかったか。ハルはおかしくなってくすりと笑った。

「はあ、忙しい」

「忙しいね」

「一三歳のセリフじゃないな」

「ないねえ」

くくっと笑う二人の肩が触れ合う。昨日二人で共有した景色は、意図せず二人の気持ちを近づけていた。ショウを守るという意味でだ。

「俺、明日はきっと」

「うん？」

「迷いのない顔で、さらっと参加するよ」

「うん。さ、食堂に戻ろうか」

ショウは気づいているだろうか。迷いなくまっすぐ進むショウがまぶしすぎて、周りの人が時々見失いそうになっていることを。だから不安で、思わず引き留めたくなることを。

「でも、それがショウだからなあ」

「ん？」

「なんでもない」

明日はしっかりショウを支えなくちゃと思うハルであった。


「今日はばっちりだ！」

ショウはさわやかに目が覚めた。

「おお？　びっくりさせるなよ、ショウ。時々叫びながら起きるよな」

「あれ、ファルコ」

いつもならいるはずのハルはおらず、隣のベッドには、ファルコが肘で頭を支えて横になっていた。もう着替え済みだ。

「ずっと見てたの」

「ああ」

ショウはこっそり口元を袖で拭《ぬぐ》った。もしやよだれでも出ていなかったかと不安になる。

「よだれは出てなかったぞ」

「もう！」

「ハハハ、いてっ」

ショウは枕《まくら》を隣のベッドに投げてやった。どうもファルコにはデリカシーというものがない。

ファルコは起き上がると、投げつけられた枕を抱えて笑っている。

ショウはベッドから起き上がると、ファルコの抱える枕にポスっと顔を埋めた。

ファルコは枕ごとショウをそっと抱えた。

「今日、やるのか」

「うん」

「そうか」

狩人が狩りをするように、治癒師は治癒をする。

ショウには甘くて過保護なファルコだが、ファルコはショウが自分の仕事をするのを決して止めなかった。

「勝算《しょうさん》はあるのか」

「ある。というより、私とアルフィがやるのでなければ、おそらく勝算はないの」

「そうか」

やるならやればいいと。いつもそばにいると、励まされた気がした。

「さてと」

ショウはファルコから枕を受け取って、ベッドに戻した。

ファルコはまたベッドに寝転がろうとしている。

ショウはそれをじっと見つめた。

「なんだ」

何も聞いてないのに返事をするファルコは、なんでそんなに嬉しそうなんだろう。

「着替え」

「うん」

ファルコはどうぞという顔をしている。

「いてっ、なんだよ」

また枕を投げられたファルコが文句を言う。

「着替えをするから、出てってってことでしょ、もう。デリカシーがないんだから」

ショウは枕を抱えたファルコをぐいぐいと部屋から押し出した。

「待てよ、おい」

バタン。ショウはドアを閉じた。

「あ、枕」

まったく困った養い親なのだ、ファルコは。

ショウの顔には、ただ柔らかい微笑みが浮かんでいた。

朝食の後、宿の導師のいる二人部屋には、少し多めの人が詰まっていた。

導師のベッドの右側にショウ、左側にアルフィ。ショウの隣にハル、アルフィの隣にリク。ベッドの足元にはレオンとファルコとエドガー。

もう一つのベッドは端っこに寄せられ、カナンの治癒師が何人かそこに控えている。リクだけでなく、必要なら見に来るがいいと導師が言ったからだ。

「ガイウスは顔を出さないのか」

部屋にいる面々を見て、導師が口を開いた。

「俺の仕事は町の代表だと。導師が治ったら顔を出すと言ってましたよ」

「案外臆病《おくびょう》な男だからな」

答えたアルフィに、ふっと笑った導師は、昨日の熱に浮かされたような姿ではなく、いつもの導師に戻っていて、ショウたちをほっとさせた。

「では、治癒を始めます」

「うむ」

導師は目をつぶった。

「ショウ」

「うん」

アルフィの右手は導師の左肩に置かれ、ショウの右手は導師の右手を握っている。そして、導師の胸の上で、アルフィの左手とショウの左手がつながれた。

「一気に行くよ」

「わかった」

アウラの治療の時、魂に思い出させたのは一つ一つの細かい記憶だけではない。アウラの存在そのものだった。明るく笑うアウラ、希望に満ちたアウラ、いたずらなアウラ。

ショウが目をつぶったまま、口を開く。

「私の導師は、いつも両手を差し出して抱き上げてくれる。乗せてくれる膝はちょっと固いけど、広くて安心なの」

「俺の導師は、いつも両手を広げて、いやなことも苦しいことも、楽しいことも新しいことも受け入れてくれる。誰よりも前を力強く歩いていく人だ」

アルフィが続ける。

「俺の知ってる導師の拳骨《げんこつ》は固いぞ。悪いことをするとすぐガツンとこぶしが飛んでくるんだ。俺の頭はそれで固くなったに違いない」

「ファルコ、それはお前が悪いことをしすぎだったんじゃないのか」

あきれたようにファルコに突っ込むレオンの言葉に、思わず部屋に笑いがこぼれる。

「厳しい顔もするけれど、子どもを見る目は優しくて、まるでお日様のように暖かい人なの」

ハルの小さい声が響く。

導師にそっと流していた魔力が温かくなる。弱々しい魂の輝きが少しずつ増していく。

アウラは言ってた。自分は自分のことを見ることはできないから、案外自分の姿は覚えていないのだと。

だから代わりにショウたちが導師のことを思い出すのだ。

「サラサラできれいな長い髪」

「それはなくなってないだろ」

リクの突っ込みがおかしい。

「導師がおもしろいと思ってる時、口の右側だけほんの少し上がるの」

「そういえば左の手のひらの薬指の下に、ほくろがあるんだよ、知ってた？」

「それは私も知らなかったぞ」

アルフィの言葉に思わず導師が答えてしまい、今度こそ部屋に笑いが満ちた。

つないだ二人の手に力が入った。

今だ。

「では、まず形を移します。俺は力強い左足を」

「私は優しい左手を」

右側の手足から、コピーして反転する。

さあ、そのかすかな形に、今こそ女神の元から力をもらおう。

堂々と歩く導師の形に。優しく両手を広げる導師の形に。

輝く魂の形に戻るまで。

女神よ。


目には見えなかったけれど、そこにいた誰もがきっと温かい何かを感じたことだろう。

「ショウよ、アルフィよ。本当にお前たちの力は温かいのだな」

ぽすっと、右側にショウの頭の重みを、左側にアルフィの重みを感じる。

さっきまで何もなかったはずのところに、重みを感じるのだ。

導師はつぶっていた目を開けた。

いつか見た景色だ。

あの時も二人、アウラのベッドで、こうして魔力切れで倒れていたのだった。

それなのにショウときたら、ふしゅー、ふしゅーと気持ちよさそうに寝息を立てて。

「相変わらず、寝ている時はぷすぷすと寝息を立てるのだな、ショウは」

「そこがかわいいいんだろ」

すかさず親バカのファルコが口を挟む。

導師は右手でそっとショウの頭をなでた。

そして、布団から左手をすっと引き出した。

「おお……」

周りで固唾をのんで見守っていたカナンの町の治癒師から驚きの声が上がった。

「どうやらなんとか動くようだな」

その左手で、アルフィの頭をなでた。

「足もある。女神よ、この小さくて優秀な治癒師たちに、感謝を」

アルフィが起きていたら、小さいは余計ですと叱られただろう。

「ショウをベッドに寝かせてくるよ。いつもの魔力切れだろう」

「じゃあ、アルフィはこっち側のベッドだな」

ショウはファルコがひょいと抱え上げ、アルフィはエドガーとレオンの二人で隣のベッドに運ばれた。

奇跡などなかったかのように。

まるでこれが当たり前の日常であるかのように。

あっけにとられてそれを見るカナンの町の治癒師の顔の面白いことと言ったらない。

「ハハハ。これが北の町だ」

「どうしたよ、導師。怪我が治っておかしくなったか」

レオンが失礼なことを言う。これもいつものことだ。導師は首を横に振った。

「なんでもない。ただ、そうだな。そろそろ帰りたいな」

「ああ。ガイウスが星迎えの祭りが終わったら帰ろうって言ってたぜ」

春の終わりにこの町にたどり着いたはずなのに、いつの間にか季節は真夏になっていた。

エピローグ

「ショウ、ハル、きれいよ」

「こうやって祭り用のおしゃれをしていると、深森《ふかもり》風の服を着ていても、平原《へいげん》の人みたいねえ」

ショウとハルの周りをくるくる回って嬉しそうに手を叩いているのは、デリラとアウラだ。

「よく言うよ。来てたんだから早く会いに来てよ、もう」

ショウはこの数日、魔物の襲来から導師の治癒と、忙しく過ごしてきて、アルフィはともかく、アウラに会いに行く暇なんてこれっぽっちもなかったのだ。

アウラはアウラで挨拶に来るよりも、商談で走り回っていたというのだから恐れ入る。

「私が来た時はショウもハルも魔力切れで倒れてて会えなかったし、ベル商会に行ったら、そこで泊めてくれるって言うし」

アウラは悪びれもせずにニコニコしている。

「どうせデリラと気が合って、服談議してたら私たちのことなんてすっかり忘れちゃってたんでしょ」

ショウはぶつぶつ言いながらも、長めのチュニックの裾をゆらゆら揺らしてみている。もちろん、中にはズボンをはく深森仕様だ。

「せっかく平原にいるんだから、二人の服は平原風にしようかと思って用意してたんだけど」

デリラが頬に片手を当てながら首を傾げる。

「そんなことしてくれてたなんて知らなかったよ」

ねえ、とハルを見ると、ハルはにこにこしているだけだ。

「え、ハルは知ってたの?」

「うん。一応服担当だからね。アウラから頼まれたものをベル商会に卸した後も、ちょくちょくデリラとは連絡を取ってて」

「ショウに余裕がなさそうだから、ハルと相談して二人分用意してたのよ」

ハルも忙しかったと思うのだが、そんなことをしていたとはショウは気がつかなかった。

「でもアウラにね、深森の服が似合う子が二人もいるのに、平原に深森の服を広めないのはおかしいでしょって言われてね」

「アウラ……。それで伝統的な深森のデザインなんだね、これ。裾は長めだけど」

ショウはまたチュニックの裾を揺らしてみた。普段よりひらひらしていてやっぱり楽しい。

「でも、いったんノールダムに行ったんだよね。よく用意してたよね」

「ぬかりはないわ。何のために収納ポーチがあるのよ。何でも余分に用意していたから、北の町の部隊の補給がばっちりだったのよ」

ふんと胸を張ったアウラは、相変わらず金の髪がキラキラと日に輝いて、宝石のような緑の瞳が美しい。ショウの自慢の友だちだ。

町の人も、ライラ以来の深森美人が来たということで、ショウの知らないところでひそかに盛り上がっていたらしい。

「今日の星迎えの祭りは、私はデリラと一緒に町のそばの丘に行くつもりだけど」

「私はリクのところの丘に行くつもり。ちょっと町から離れてるけれど、あのあたりでは高いほうだから、けっこうな人が来るんだって」

「なら、ちゃんとその服、宣伝してきてね」

「アウラだけで十分だよ」

ショウは苦笑した。

ベル商会で着替えさせてもらって、ショウはハルと宿に向かいながら、この数日のことを思い出していた。

魔物騒ぎで、一時町の半数近くが避難したカナンの町は、結局実質的な被害はほとんどなかった。

途中の町や集落も、狩人が魔物の行く方向を調整していたおかげで、被害は軽微《けいび》だったという。

軽微だったというのは、やはりすべての農地は守り切れなかったということだ。

また、魔物が倒れ、そのままになっている土地は、しばらく荒れ地になり、農地として利用することはできない。

今回は、いつも前線で狩りをしている者たちの先見の明と行動力のおかげで、大きな被害が出ずに済んだが、これからは四領が協力して対策を立てるということで、やっと領主会議が開かれるらしいと聞いた。

「かかった費用は持ち出しかよと思っていたが、魔物の被害を受けるかもしれなかった各町から報奨金のようなものが出るらしくてな。ま、疲れたが収支は大幅なプラスになりそうだ」

導師が回復してすぐ、北の町だけで集会を開いた時、ガイウスはそう言ってにやりとした。

「ガイウスは持ち出しと言ってるけど、ノールダムで良心的に儲《もう》けたお金、それから魔物の魔石の回収、肉の販売などで、実質プラマイゼロ、持ち出しはなし。つまり報奨金の分だけプラスってことね」

アウラがここでも胸を張った。

今回は修業ということで、アウラはいわば北の町の倉庫番の役割を果たしていたのだという。

「北の町の子どもたちは、生意気でやんちゃなやつばかりだが、本当に役に立つ」

ショウもハルも、アルフィも、ガイウスの言葉に胸を張る。生意気だって言われたって、役に立つのは嬉しいものだ。

「おそらく導師をはじめ、アルフィもショウも、そしてハルもあちこちから引き合いが来て忙しくなるだろう。治癒師も魔術師も大忙しだぞ。北の町の狩人の評判も上がってしまったし。深森だって魔物が増えて、それどころじゃないんだがな」

ガイウスがぼやく。

「それでも、やるべきことはやった」

そう言うとガイウスは立ち上がった。

「出立は、星迎えの祭りの翌日だ。帰ろう、北の町に」

思いもかけず長い依頼となったが、星迎えの祭りが終わったら、次の日にはもう帰るのだ。


「あ、ファルコとレオンがいるよ」

ハルのほうが先に保護者の二人を見つけた。

「あーあ、ここでも女の人に囲まれてる」

ショウは苦笑した。

今日はお祭りだから、カナンのおしゃれした女の人たちにキャーキャー言われている。深森でもノールダムでもよく見る光景だ。

「ま、どちらかと言うとレオンのほうが優勢かな。やっぱり、明るい金色の髪とかいろいろあるけど、あの甘い優しい感じはもてるよねえ」

「ショウったら。あれ、見て、ガイウスもあっちで囲まれているよ。ちょっと年齢層上だけど」

さすがに一〇〇歳を超えているので、若すぎる女子は寄ってきていないみたいだが、冬の空のような灰色の瞳と頬の傷が何ともワイルドなガイウスも、見た目だけならかなりかっこいい。

「っていうか、ジェネとビバルがもてるなんて」

深森では優秀な狩人なのだが、なぜかもてないジェネとビバルまで女子に囲まれている。

「ショウ、どうする？」

ハルは騒ぎが鎮《しず》まるまで静かに待つタイプだが、ショウは違う。

普段ならあきれて、ハルを引っ張ってさっさと先に行ってしまうショウなのだが、そろそろそういう子どもっぽいことから卒業してもいいかなと思っている。

「そうだねえ、学校の男子に協力してもらうという手もあるんだけど」

ショウはちらりと宿から少し離れたところに目をやった。

学校の女子たちまで、きゃあきゃあと深森の狩人のところに行ってしまっているから、手持ち無《ぶ》沙汰《さた》でつまらなそうにしている。

「ファルコに嫉妬《しっと》させる作戦？」

「うん。でも、がらじゃないや」

ショウは肩をすくめた。ハルもくすくすと笑った。

「私も、今回は待っているだけはやめようかな」

「よし、行くか！」

「それ、好きな人のところに行く乙女感ゼロだよ」

「うっ」

つい気合が入りすぎてしまった。ショウはハルに向かって、にっこり微笑むとチュニックの裾を揺らして見せた。

「こう?」

「そう。私も」

ハルもふわりと笑うと、同じようにチュニックの裾を揺らして見せる。

そうして二人で花のように笑うと、ファルコとレオンのほうを向いた。

「あれ」

「あらら」

背の高いファルコとレオンは、取り巻きの女子なんて見ずに、まっすぐにショウとハルを見ていた。

「見られてた」

「恥ずかしいね」

でもこの際だから、追加で追い打ちだ。

ショウとハルは頷きあうと、ファルコとレオンに向かってにっこり笑って首を傾げて見せた。

「あざとい?」

「アリだよ」

二人が笑い転げている間に、ファルコとレオンは一瞬で目の前に来ていたのだから、効果ありだったと思うショウである。

　いつもだったら抱き上げてくるくるするところだけど、とショウはファルコを見上げた。

「あー、あー」

　発声練習かと突っ込んでいいですかとショウは言いたくなった。

「あー、ショウ」

「うん、ファルコ」

「あー」

　まったくファルコはいつもこうなのだ。ショウはあきれて右手をそっと前に出した。

「あー、ショウ」

「はい」

「星迎え、一緒に行ってくれるか」

「うん！」

　ファルコは嬉しそうにショウの右手をそっと握った。

「ショウ」

「なに？」

「きれいだ」

　ショウは一瞬何も言えず、ぽんっと赤くなった。

「それは反則だよ……」

思わずうつむいて、小さい声でそうつぶやいた。

「なんだ?」

「なんでもない！　さあ、屋台を見に行こうよ！」

ファルコの手を引っぱりながら振り返ると、ハルがレオンに抱えられくるくると回されていた。

ハルの笑い声が響く。

隣を見ると、ショウもやるか、と去年までなら言っていただろうファルコが、どうしようか悩んでいるのがわかった。

半分正解で、半分間違いだ。

ショウはまだくるくる回してほしいけれど、もうそんな子どもじゃないのではないかとファルコが思ってくれたところは評価する。

「行こう！」

「ああ」

屋台には、アカバネザウルスの串焼きが売っていて大人気だったのがお祭りのハイライトだった。

やがて日が暮れる頃、人々はそれぞれランプを抱えて高いところを目指す。

建物の屋上に椅子を持ち出す者もいれば、歩いて町のそばの丘に向かう者もいる。そして町の外に知り合いがいる者は、馬車で町の外に向かう。

深森の一行はそれぞれだった。

エドガーは薬師のみんなと近くの薬草のある丘に、ガイウスは面倒くさいからと宿の屋上で、導師は治癒師たちとアカバネザウルスを倒した草原でそれぞれ星迎えをするのだという。

ショウとハルは、リクに誘われて初めてサイラスとリクの家を見に行くことになった。

「結局今日まで泊まりに来なかったもんな」

「忙しすぎたんだよ」

本当は屋根裏部屋に泊まってみたくてたまらなかったのだ。

「さ、家は後でいいから、まずは丘に登ろう。もう星が出てしまうぞ」

サイラスに急かされて、一人一人ランプを持ちながら、ゆっくりと丘を登っていく。

緩やかに続く草で覆《おお》われた丘の最初の瘤《こぶ》のところでサイラスは立ち止まった。

「一番高いところまで行くとかなり時間がかかるからな。このちょっと高いところでいいだろう。毎年やるところがその時の体力で違うんだよ」

笑ったサイラスに促《うなが》されて、柔らかい草の上に思い思いに座ると、それぞれが一つ、また一つとランプに火を灯していく。

そのランプの明かりにこたえるように、星も一つ、また一つとその姿を空にきらめかせる。

「今年は頑張ったな、俺たち」

「うん、すごく」

シュウはいつもの星迎えの祭りと同じように、ファルコに抱えられて星を見ている。

「来年と言わず、今年からもう、導師にあちこちに来てほしいって依頼が入っているんだって。できれば小さい治癒師もご一緒にって」

「そうか」

この話はファルコも知っている。

「俺たち、北の町の狩人にも依頼が来てる。主に深森と湖沼《こしょう》で、魔術師と狩人の連携の仕方を教えてほしいってさ」

それもシュウは知っている。

今回の魔物の大発生で、北の町は、優秀な治癒師と狩人の町として一気に有名になったらしい。

「俺たちは北の町を守るので精いっぱいだ。余力があるなら手伝ってやるくらいでいい」

とガイウスはにべもない。

「それでも、導師はやるというだろうし、求められれば狩人をやりくりしてどうにか派遣しなければならねえ。町の代表ってのは面倒くさいだけだ」

ガイウスはそうも言っていた。

シュウは治癒師だ。導師に求められればついていくだろう。

一方でファルコは狩人だ。狩りの技が求められれば行かなければならない時もある。

いつでも一緒にいられた今までとは、これからは違ってくるのだろうか。

ショウは頭をファルコにもたせかけた。お腹に回ったファルコの腕の力が強くなる。

「ショウが俺のところに落ちてきて最初の夏、レオンと話したんだよ」

ファルコが思い出話とは珍しい。

「いつか成人したら、ショウは誰かとパーティを組むのかなって。前のレオンみたいにさ」

そういえば、レオンは怪我をした時、パーティを組んであちこちで狩りをしていたと聞いたような気がする。

「その時に、よほどしっかりしたやつじゃねえと俺は許可を出さないと誓ったんだ」

誰に誓ったのかとショウはおかしくなった。

「せめて俺より強いやつじゃないと」

「いないじゃん、そんな人」

ガイウスかレオンくらいだ。あるいはノールダムのゲイルとか。

「いる」

「え、誰？」

ショウは驚いてファルコを見上げた。

「俺」

「え？」

「俺だ」

ファルコがファルコより強いって、どういうことだろう。

「ハハハ」

近くで話を聞いていたレオンがお腹を抱えて笑い始めた。

ファルコはショウを抱えたまま器用にレオンを蹴《け》とばした。

「ファルコの言うことはわかりにくいんだよ。素直に俺とパーティを組まないかって言えばいいのに」

「うるせえ。その通りだけどな」

成人した狩人は、ジェネとビバルのように、ドレッドとライラのように、あるいはもう少し多い人数でパーティを組んであちこちに狩りに行く。

「でも、私、剣士じゃないよ。ファルコの足を引っ張るだけじゃない」

「馬鹿なことを言うな」

ファルコは強い口調で言った。

「いざという時、治癒師がいたらどんなにありがたいことか。町から治癒師を引き抜いていくのは申し訳ないから連れて行かないだけで、本音《ほんね》はみんな治癒師に来てほしいと思ってるんだ」

そうなんだとショウはほっとした。

「ファルコに話を任せると進まないから。俺が言うぞ。なあ、ショウ、ハル。俺たち四人でパーティを組まないか」

「え、私も？」

ハルが驚いている。いつものように自分とは切り離して聞いていたのだろう。

「狩人二人に、魔術師一人、治癒師一人。最高の組み合わせだ。狩り、魔法、治癒の使い方。どんな依頼にも対応できる万能パーティになる」

考えてもみなかった。でも、そう言われてみると、とてもいい組み合わせにしか思えなくなってきた。

「導師にはアルフィがいる。治癒師だけの依頼の時はアルフィをついていかせればいい。俺たちは導師の依頼についていってもいいし、俺たち単独で依頼を受けてもいいんだ」

そうすれば。

「いつでも一緒にいられるだろう」

四人が心の中に秘めていた願いが、ファルコの声で表に出た瞬間だった。

「大人になっても一緒にいてもいいの？」

ショウの小さい声にファルコが頷く。

「一緒にいてほしいんだ」

きっとそれはファルコが思うよりずっと長い間だ。

「これであいつら、付き合ってないんだぜ」

「一応形式的には親子だからな」

後ろからこそこそとリクとサイラスが言いあっている声がするが、それはファルコに直接言ってほしいショウだった。

「だから、これからもいつも一緒だ」

「うん」

長い時間を、一緒に生きよう。

輝く日のもとでも、優しい星の光の下でも。

「のんびりと暮らすはずだったんだけどな」

「のんびりでも、忙しくても。ショウがいれば、それでいい」

どんな世界でも、愛する人がいて、仲間がいれば、それでいい。

見上げるといつの間にか、空は星でいっぱいになっていた。

おまけの話　ゆっくりと進もう

「さっそく依頼があるとは思わなかったなあ」

「まあ、正直俺もショウとハルが成人してからの本格稼働《かどう》だと思ってたぜ」

そんなとぼけたことを言うレオンとファルコがいるのは、ノールダムだ。北の町一行としてまた夏の狩りに来ているのである。

ショウとハルはカナンで一四歳になり、無事に見習いとなった。成人するまではまだ六年あるが、見習いという身分で、成人の手伝いができるようになった。

ショウは治癒師として成人と同等の力があるし、ハルも魔術師として引っ張りだこの力を持っている。どうせあちこちから依頼を受けるようになるのだから、見習いのうちからパーティを組もうと言い出したのはレオンとファルコである。

しかし、実際はのらりくらりと一年間依頼を断り続けており、その間にまた一つ星迎えの日を越えたショウとハルは一五歳になったばかりでノールダムにやってきた。

そのタイミングで、岩洞《がんどう》のキールという町から依頼があった。ノールダムの町の代表のゲイルを通しているところがなかなかに交渉上手と言える。

北の町で手紙で来る依頼を断っていたのとはわけが違う。キールの町から直接使者が来ているのである。しかも迎えの馬車を用意して。

「どうするよ。岩洞の俺としては、キールに行ってくれたらそりゃあありがたいが」

ゲイルがショウとハルのほうをちらちらと気にしながら、レオンとファルコに声をかけている。

ショウはハルと目を見合わせた。

ショウは正直なところ、どちらでもいいのである。北の町に戻っても、他の町から研修に来る治癒師が多くて、その指導に忙しいのには変わりない。

一方で、わざわざハルに教えを乞いに来る人はほとんどおらず、ハルは割と平穏に暮らしていた。もっとも、元魔術院院長のオーフから、講師として湖沼《こしょう》に戻ってきてほしいと再三手紙が来ているので、依頼がないわけではない。

その依頼はレオンが毎回にべもなく断っているのだが。

「湖沼から岩洞までは遠いですから、なかなか足を運んでくれる人はいなくて。岩洞の魔術師は、去年と今年、ノールダムで戦い方は学べましたが、今までと違う魔法の使い方のほうはまだ戸惑いが大きいらしくて、それを教わりたいと」

使者として来ているのは、成人したばかりと思われる若者だ。

「それに、小さな治癒師殿と魔術師殿は、ことのほか好奇心が旺盛《おうせい》だと聞きました。キールの町は魔道具の生産が盛《さか》んで、特に収納ポーチについては特産とも言えるほどなんです。俺、魔道具師なんですが、お二人には特別に工房の見学を許可するとお伝えしてこいと言われてきました」

収納ポーチと聞いてショウの目は輝いた。誰がそんな噂を流したのかはわからないが、確かにショウとハルは好奇心旺盛であった。

「だが、ノールダムに来ているならここで教わっていけばいいだろう」

レオンの言葉にショウははっとした。そういえばそうである。

「いいえ、魔術師はそれでいいのですが、キールの治癒師は町を離れられなくて。せっかくだから、キールで合流してどちらにも教えてほしいということでした」

「さあ、どうするかなあ」

レオンはショウとハルのほうを見て、思い切り噴き出した。

「そんなに目をキラキラさせてさあ。行くしかねえだろ」

「「やった！」」

「仕事だぞ、仕事。遊びに行くんじゃないんだぞ」

喜ぶ二人にファルコから注意が飛んだが、その口元が緩んでいる。

パーティを組んでから一年、初めての仕事が決まった日であった。

キールに着くまで一週間ほど、深森《ふかもり》でも平原《へいげん》でも珍しい、岩の多い山裾を縫うように馬車は進んでいく。

季節は夏の終わりであっても、岩の間にはまだ鮮やかな花が咲き乱れており、深森では珍しい景色をショウもハルもそれはもう堪能《たんのう》した。

また、使者としてやってきたセイヤと言う若者は、とにかく博学な人で、草花の名前から、転がっている石の性質、地理などなんでも知っていて楽しく教えてくれる。しかも顔立ちもよい好青年である。

年の近いこともあって、ショウとハルとセイヤはあっという間に仲良くなり、親しい友だちくらいになったところでキールにたどり着いた。

湖沼の学院都市と同じように、山々に囲まれた盆地になっているキールは鍛冶《かじ》の町でもあるようで、あちこちから、金属を叩くような音がするし、煙の上がっている工房のようなところもある。

「依頼は町全体からですが、まず教会に連れてくるように言われてます」

セイヤの案内で教会に行った一行は、熱烈な歓迎を受けたが、カナンの町のようにのんきに過ごす提案などはなく、次の日からすぐに依頼を受けることになった。

とはいっても、当初の誘い通り、ショウとハルは午前中は魔道具の工房の見学、午後からそれぞれ治癒と魔法に分かれて講師をすることになる。

レオンとファルコは魔道具には興味はないので、午前中から岩場での狩りに参加することになっていた。

工房に行くと、魔石のコンロなど、いろいろな魔道具がある中で、やはりもっとも興味を引いたのは収納ポーチだった。

「この作り方、秘密じゃないの？」

さっそく収納ポーチの作り方を見せてくれようとした工房の人たちに、ショウは思わずそう聞いた。

「ギルドに登録した子どもたちには必ず配られるものだよ。秘密にするほど珍しいものを、そんなにポンポン配れると思うかい？」

そう言われてなるほどと頷いた。

魔物の皮で作られたポーチには、魔石が取り付けられている。

「この魔石を内側に取り付けることで、ポーチの中の空間が変質して女神のエネルギーが入りやすくなると言われているんだ」

「へ、へえ。女神の」

ショウは鼻の頭にしわを寄せ、それを見てハルが声を出して笑った。

「治癒の仕組みに似ているね」

「そうらしいね」

セイヤが少し胸を張った。

「収納ポーチを作るのはそれだけなんだけど、魔石コンロを作るのには炎の魔法も使うし、魔道具師はいろいろな素質を持っていないとできない仕事なんだよ」

「すごいね！」

ショウが感心して工房を見渡すと、工房の人たちはかすかに胸を張った。

「実際に、ポーチの中の空間にエネルギーを持ってきてみせるね。大切なのは、魔石に合った容量のエネルギーを持ってくることなんだ」

「なるほど」

セイヤのやっていることを注意してみると、確かに治癒と同じエネルギーの動きを感じる。

こんなふうにエネルギーをポンポン使わせるから、魂が不足するんじゃないのとショウは鼻をふんと鳴らした。

「魔道具師じゃないから駄目かもだけど、実際にやらせてもらえないかなあ」

ショウが心の中で女神に文句を言っている間に、ハルが目をキラキラさせながらセイヤに頼みごとをしていた。

「岩洞では年少組は誰でも一度は試してみることだから、大丈夫だよ。でも、エネルギーを持ってくるって、ハルはわかるの？」

セイヤはあっさりと許可を出したが、同時に不思議そうにハルに尋ねた。

「私もショウも、治癒師であり魔術師でもあるの。だから今エネルギーを持ってきたのも感じ取れたよ。ね、ショウ」

「う、うん」

ショウはそれに頷いたけれど、ハルの言葉に工房の空気がガラッと変わったのを感じてちょっと怖くなった。なんだろう。

「じゃあ、これ、使ってみて」

ショウとハルに一つずつポーチが渡された。肩掛けタイプの小さいものだ。

「かわいい！」

「きれいな色だ！」

セイヤはふふんと胸をそらせた。

「これは女性が買い物に行く時用のポーチなんだ。岩洞では一般的なんだけど、まだ他の領にはあんまり出回ってないものなんだよ」

そのポーチは皮がくすんだ赤に染められていて、とてもおしゃれだった。

「日々の買い物用だから、初心者用ポーチと同じくらいの容量なんだよ。失敗してもいいから、とりあえずやってみて」

ショウとハルは頷いた。

「手を入れて」

「はい」

「エネルギーを持ってくる」

「うん」

ここまではわかる。あとは容量だ。ショウは治癒の時よりも慎重に、少しずつエネルギーを移動させた。

「少しずつ、少しずつ、あ、ここだ！」

ショウは手を止めた。一瞬反発を感じたのだ。もうエネルギーはいらないよと言われた気がした。

「うん、これね！」

ハルも手を止めた。

「何か入れられるものはないかな、よし、スライム棒だ！」

ショウは自分のポーチからスライム棒を出して、今作ったポーチに入れてみた。

すっと入る。すっと出る。

「セイヤ、できたよ！　え？」

ショウとハルがポーチから目を離してセイヤを見ると、セイヤだけでなく他の人の手もみんな止まり、あっけにとられた顔でショウたちを見ていた。セイヤはポツリと言った。

「冗談だったのに」

「冗談？」

「だって、そんなに簡単に魔道具師になれるのなら、誰も苦労しないだろ。やってみて、失敗して、やっぱり大変だよねって、その程度のつもりだったのに」

セイヤの顔は成功を喜んでくれている人の顔ではなかった。今までの余裕は消えていた。

「なんか、ごめん」

「ごめんね」

ショウとハルは何となく申し訳ないような気がして、ポーチを置くとぺこりと礼をし、工房を出た。誰も止めてくれなかった。

二人は、町中をとぼとぼと歩いた。講師をするのは午後からだから、まだ時間はたっぷり残っている。

「どうしようか」

「どうしようね」

そう言いながらも、ショウの足はいい匂いのする屋台にふらふらと向かっている。

「ドーナツじゃない？」

「ドーナツだ！　というか、チュロスっぽい」

要は細長いドーナツのようなものだ。二人が見ている間にも、ドーナツはからりと揚げられ、お砂糖をまぶされている。

「それ、一〇本ください」

「ショウ？」

二本でいいのにというハルの心の声が聞こえるが、心の声だから実際には言われてない。だから一〇本買ってもいいのだ。

「あいよー、熱いから気をつけるんだよ」

「うん。あの、おばさん、町を眺められるような高台はない？」

「そこの右側の道を一〇分くらい行くと、岩山だよ」

「ありがとう！」

五本ずつ二つに分けてもらった紙包みをそれぞれ持つと、ショウとハルは走って高台に向かった。

「うわあ、確かに町全体が見えるよ」

「ここでお茶にしよう」

ハルがかちゃかちゃとお茶の準備を始めながら、町を眺めているショウに向かって言った。

「あのね、思わず謝っちゃったけど、私たち悪くなかったよね」

「うん。すごいですねって言って、黙って話だけ聞いていればよかったのかもしれないけど」

ショウはショックで働かなくなっていた頭を動かし始めた。

「もしすごく優秀な魔道具師とかがいて、しかも深森に教えに来てくれて、偶然治癒も得意だってわかったら、私たちどうしたかな」

「ショウならね、というか、導師だって、アルフィだってきっと、深森にいる間に覚えられるだけ覚えていけと言って、治癒の技を惜しみなく教えたと思うよ。しかも喜んで」

「そんな気がする」

でも、そちらのほうが珍しいのかもしれなかった。

「ショウ、でもよく考えてみて。私たちだって、惜しみなく自分たちの魔法や治癒の技を教えに来てるんだよ。それなのに、この扱いはないよね」

「うん。ちょっと傷ついた」

ショウはハルからお茶のカップを受け取り、二人で並んで岩に座ると、ドーナツを袋から出した。

「まだ温かいや。はふっ、おいし！」

「おいしいね」

ささくれだった心が癒される思いだ。ファルコにも食べさせたいなと思ったショウはふと気がついた。

「そういえば、いつもだと男の子が寄ってくると追い払うファルコが、今回は何も言わなかったなあ」

「ほんとだね。レオンもだ」

キールに来るまでの間、今となってはなれなれしすぎだったと思うセイヤに対して、レオンもファルコも何も言わなかったのだ。

「今日だって、いつもなら自分が興味がなくてもついてきてたはずなのに」

「ついてこなかったね」

いつもならうっとうしいと思う二人がいつものようではないということが、今回ばかりは心細い二人であった。

「でも、いいや、私」

ハルが二本目のドーナツを袋から出しながら言い出した。買ったのは自分だけど、それ、多すぎないかとショウは突っ込みそうになった。

「どうしたの、急に」

「セイヤさ、講師だからって私たちのことちやほやしてたけど、でも実際は私たちのこと尊敬なんてしてなくて、ただの女の子だと思って上から目線だったってことでしょ」

「うお、厳しいな。でもその通りかもね」

だから、自分の得意分野で力を発揮したショウたちを許せなかったのだ。

「セイヤだけじゃなくて、工房の人たちもみんなそう。導師や、アルフィみたいな子ばかりじゃないんだって、わからなくちゃ」

「そうだね。そもそもお仕事に来たんだし」

「それに、収納ポーチの作り方もわかったんだし、それで十分」

「十分だ」

ショウもハルにつられていつの間にか二本目のドーナツを食べてしまっていた。

「よし、もう工房は行きたくないから、教会に戻ろう」

「うん」

二人が町に戻ると、大騒ぎになっていた。

「何があったんだろうね」

「そうだね」

うろうろしていた一人が、ショウとハルを見て指をさした。

「いたぞ！」

「え？」

「私たち？」

ショウとハルはあっという間に工房の人に取り囲まれたかと思うと、その間をかき分けてきたレオンとファルコに確保された。

「お前たちが行方不明だって聞いて、焦ったぜ」

「ええ？　ただ町をうろうろしてドーナツを買って岩山でお茶を飲んでただけだよ」

焦るファルコにショウがそう答えると、ファルコだけでなく集まっていた人全員にほっとした空気が流れた。

「急に飛び出して行くなよ」

ファルコとレオンの後を追うようにセイヤがやってくると、ショウとハルに不満そうにそう言った。

「飛び出してないよ。ちゃんと礼をしたし、静かに工房を出たでしょ。あれ以上工房にいても、何もできそうになかったし」

おとなしそうに見えるハルが強い口調でそう言い返したのには、ショウも驚いた。

「そ、それは」

「私たち、仕事で来てるんだから、別にちやほやされたいわけじゃないし、世話をしてほしいわけでもない。町の様子が見たかったら自分たちでいくらでも見られるし」

ハルはドーナツの袋を掲げて見せた。

「見せたくない技術なら見せないで。嫌な態度をとられるくらいなら、一日中仕事をしてたほうがましだもの。ここまで案内してくれてありがとう」

もう案内はいらないのだとはっきりした態度をとられては、セイヤも引っ込むしかなかった。

セイヤも、工房の人たちも、何となく落ち込んだ様子で帰っていった。

「自分たちが嫌な態度だったくせに、もう」

「私たちのほうが悪いみたいじゃない」

ショウとハルはぷりぷりと怒った。

「まあなあ。ちょっとは勉強になったか？」

レオンが不思議なことを言い出した。

「勉強？」

案の定ハルが聞き返している。

「セイヤさ、顔、よかっただろ」

「うん。まあ、かっこいいほうだとは思う」

ハルが素直に頷いた。

「顔がよくて、明るくて、人懐《ひとなつ》こくて、賢い。どうだ？」

「どうだって言われても」

ハルが困った顔でショウのほうを見た。

「私たちにとってはそれだけのことだけど」

ショウも戸惑った。

「ほらな」

「どや顔すんな、ファルコ」

レオンの蹴りがファルコに入った。

何のことかわからず、ショウとハルは顔を見合わせた。

「ハニートラップだよ」

ファルコが答えてくれた。

「貴重な力を持った女の子が二人だぞ。どの町だって自分の町に来てくれたら言うことはないんだ」

「ええ？　もしかして、私たち、誘惑されてたの？」

「まったく気がつかなかったよ」

「これだよ。ファルコ、笑うな」

レオンの蹴りが再びファルコに入った。

「そろそろ二人にも自覚が必要だからって、レオンが今回は放っておけって言うからさ」

それで放っておかれたんだ。不安だったのに。

ショウはちらりとハルを見た。

ハルは小さく頷いた。不安にさせた報いは受けてもらわなければ。

ハルはうつむいて静かにこう言った。

「そんな。私すごく不安だったのに」

「ハ、ハル？」

案の定、レオンはそれだけで焦っている。ハルはもう一押しした。

「いつでも守ってくれると思ってたのに」

ショウがレオンのほうを見ると、レオンは口を開けて固まってしまっている。

ショウはハルのドーナツの袋を受け取ると、二つともファルコに押し付けた。

「え、ショウ？」

そしてハルの手を取ると、二人で教会に向かって駆け出した。

「私たち、鈍感かもしれないけど！」

「好きな人は自分で決めるんだから！」

「『ハニートラップなんて、引っ掛からないもん』」

言いたいことを言うと、走って逃げた。


「そんなところがまだ子どもじゃねえか」

ふっと笑うレオンは、ちょっと大人の余裕である。

「ショウ、まさか……誰か好きな人ができたのか？　アルフィか？」

「んなわけねえだろ」

「ショウ、待ってくれ」

レオンの突っ込みも耳に入らないファルコは、ふらふらとショウたちを追いかけた。

「ファルコが一番子どもだろ、まったく」

今回は本当はショウとハルではなく、ファルコの危機感をあおろうと思って放っておいたレオンだったのだが、ファルコは思った以上に鈍感だった。

しかし、ハニートラップならともかく、ショウとハルを傷つけるような行動は許さない。

これからの依頼は本当に慎重に受けなければならないなと思うレオンだった。

ショウとハルが思っている以上に大人だということをレオンとファルコが理解するのはもう少し先のことだ。ゆっくり進む四人なのである。

異世界でのんびり癒し手はじめます
～毒にも薬にもならないから転生したお話～

妖精印の薬屋さん

著：藤《とう》野《や》　イラスト：ヤミーゴ

　ある日突然異世界にトリップしてしまった学校教師のミズキ。元の世界に戻れないと知ったミズキは落ち込んだのも束の間、なんとか生計を立てようと薬売りをはじめることに。

　自分にしか見えないという妖精たちの力を借りて調合した薬は大評判！　とんとん拍子にお店をオープンすることになって――!?

　なぜだか一緒に暮らすことになった謎の多い美形青年と、お手伝いをしてくれる可愛い双子……お店はどんどん賑やかさを増していく！

　妖精が出迎える笑顔と魔法のお店、妖精印の薬屋さん《フェアリー・ファーマシー》、今日も楽しく開店！

ArianRose
アリアンローズ

詳しくはアリアンローズ公式サイト　http://arianrose.jp

アリアンローズ　検索

アリアンローズ 既刊好評発売中!!

最新刊行作品

庶民派令嬢ですが、公爵様にご指名されました
著／橘 千秋　イラスト／野口芽衣

ロイヤルウェディングはお断り！
著／徒然花　イラスト／RAHWIA

異世界での天職は寮母さんでした
～王太子と楽しむまったりライフ～
著／くる ひなた　イラスト／藤村ゆかこ

まきこまれ料理番の異世界ごはん ①～②
著／朝霧あさき　イラスト／くにみつ

おてんば辺境伯令嬢は、王太子殿下の妃に選ばれてしまったようです
著／しきみ彰　イラスト／村上ゆいち

異世界温泉であったかどんぶりごはん ①
著／渡里あずま　イラスト／くろでこ

薬草茶を作ります～お腹がすいたらスープもどうぞ～ ①～②
著／遊森謡子　イラスト／漣ミサ

見習い錬金術師はパンを焼く ①
～のんびり採取と森の工房生活～
著／織部ソマリ　イラスト／hi8mugi

どうも、悪役にされた令嬢ですけれど ①
著／佐槻奏多　イラスト／八美☆わん

脇役令嬢に転生しましたがシナリオ通りにはいかせません！
著／柏てん　イラスト／朝日川日和

コミカライズ作品

悪役令嬢後宮物語 全8巻
著／涼風　イラスト／鈴ノ助

誰かこの状況を説明してください！ ①～⑨
著／徒然花　イラスト／萩原 凛

魔導師は平凡を望む ①～㉕
著／広瀬 煉　イラスト／⑪

観賞対象から告白されました。全3巻
著／沙川 蜃　イラスト／芦澤キョウカ

ヤンデレ系乙女ゲーの世界に転生してしまったようです 全4巻
著／花木もみじ　イラスト／シキユリ

転生王女は今日も旗を叩き折る ①～⑤
著／ビス　イラスト／雪子

お前みたいなヒロインがいてたまるか！ 全4巻
著／白猫　イラスト／gamu

ドロップ!! ～香りの令嬢物語～ 全6巻
著／紫水ゆきこ　イラスト／村上ゆいち

復讐を誓った白猫は竜王の膝の上で惰眠をむさぼる 全5巻
著／クレハ　イラスト／ヤミーゴ

隅でいいです。構わないでくださいよ。全4巻
著／まこ　イラスト／蔦森えん

悪役令嬢の取り巻きやめようと思います 全4巻
著／星窓ぽんきち　イラスト／加藤絵理子

乙女ゲーム六周目、オートモードが切れました。全3巻
著／空谷玲奈　イラスト／双葉はづき

起きたら20年後なんですけど！ 全2巻
～悪役令嬢のその後のその後～
著／遠野九重　イラスト／珠梨やすゆき

平和的ダンジョン生活。①～②
著／広瀬 煉　イラスト／⑪

転生しまして、現在は侍女でございます。①～⑤
著／玉響なつめ　イラスト／仁藤あかね

自称平凡な魔法使いのおしごと事情 シリーズ
著／橘 千秋　イラスト／えいひ

聖女になるので二度目の人生は勝手にさせてもらいます 全3巻
著／新山サホ　イラスト／羽公

魔法世界の受付嬢になりたいです 全3巻
著／まこ　イラスト／まろ

異世界でのんびり癒し手はじめます 全4巻
～毒にも薬にもならないから転生したお話～
著／カヤ　イラスト／麻先みち

冒険者の服、作ります！ ①～③
～異世界ではじめるデザイナー生活～
著／甘沢林檎　イラスト／ゆき哉

妖精印の薬屋さん ①～②
著／藤野　イラスト／ヤミーゴ

直近完結作品

らすぼす魔女は堅物従者と戯れる 全2巻
著／緑名 紺　イラスト／鈴ノ助

はらぺこさんの異世界レシピ 全2巻
著／深木　イラスト／mepo

その他のアリアンローズ作品は http://arianrose.jp

異世界でのんびり癒し手はじめます 4
～毒にも薬にもならないから転生したお話～

＊本作は「小説家になろう」（https://syosetu.com/）に掲載されていた作品を、大幅に加筆修正したものとなります。
＊この作品はフィクションです。実在の人物・団体・事件・地名・名称等とは一切関係ありません。

2020年6月20日　第一刷発行

著者 ……………………………………………… カヤ
©KAYA/Frontier Works Inc.
イラスト …………………………………………… 麻先みち
発行者 ……………………………………………… 辻 政英
発行所 …………………………… 株式会社フロンティアワークス
〒170-0013　東京都豊島区東池袋3-22-17
東池袋セントラルプレイス5F
営業　TEL 03-5957-1030　FAX 03-5957-1533
アリアンローズ公式サイト　http://arianrose.jp
フォーマットデザイン ………………………… ウエダデザイン室
装丁デザイン ……………………… 鈴木 勉（BELL'S GRAPHICS）
印刷所 …………………………………… シナノ書籍印刷株式会社

本書のコピー、スキャン、デジタル化等の無断複製、転載、放送などは著作権法上での例外を除き禁じられています。本書を代行業者の第三者に依頼してスキャンやデジタル化することは、たとえ個人や家庭内での利用であっても著作権法上認められておりません。定価はカバーに表示してあります。乱丁・落丁本はお取り替えいたします。

二次元コードまたはURLより本書に関するアンケートにご協力ください
http://arianrose.jp/questionnaire/
● PC・スマートフォンに対応しております（一部対応していない機種もございます）。
●サイトにアクセスする際にかかる通信費はご負担ください。